说吧，房间

林白 著

北京出版集团
北京十月文艺出版社

图书在版编目(CIP)数据

说吧,房间 / 林白著. -- 北京:北京十月文艺出版社, 2025. 1. -- ISBN 978-7-5302-2418-2

I. I247.5

中国国家版本馆CIP数据核字第2024N0D408号

说吧,房间
SHUO BA, FANGJIAN
林白 著

出　　版	北京出版集团
	北京十月文艺出版社
地　　址	北京北三环中路6号
邮　　编	100120
网　　址	www.bph.com.cn
发　　行	新经典发行有限公司
	电话 010-68423599
经　　销	新华书店
印　　刷	北京盛通印刷股份有限公司
版　　次	2025年1月第1版
印　　次	2025年1月第1次印刷
开　　本	850毫米×1168毫米 1/32
印　　张	7.5
字　　数	130千字
书　　号	ISBN 978-7-5302-2418-2
定　　价	49.00元

如有印装质量问题,由本社负责调换
质量监督电话　010-58572393

版权所有,未经书面许可,不得转载、复制、翻印,违者必究。

目录

第一部 　　　　　　　　001
第二部 　　　　　　　　019
第三部 　　　　　　　　193

后　记 　　　　　　　　234

第一部

一切都是从那个中午开始的。

那中午是一块锐利无比的大石头,它一下击中了我的胸口,而我的胸口在这几年时间里已经从肉变成了玻璃,咣当一声就被砸坏了。

当时我站在单位的院子里,感到阳光无比炫目,光芒携带着那种我以前没有感到过的重量整个压下来,整个院子都布满了这种异样的阳光,柏树、丁香、墙、玻璃、垃圾桶,在这个中午的阳光下全都变得有些奇怪,一种白得有些刺眼的亮光从它们身上各处反射出来,不管我的眼睛看哪个方向,这个院子里所有的光线都聚集到我的眼睛里,刺得我直想流泪。

办公室里空无一人,大家都打饭去了,或者结伙到外面吃。

走廊两边也没有人。自行车满满地靠放在走廊的一边，一辆车就是一个人。全单位开大会，所有的车都堆在一起，我到得早，所以我的车在最里面，被两三层车挡住了，我绝望地搬开一辆又一辆车，我摸着自己的车的时候心里难过极了，我已经知道，别人的车之所以全在这里堆着，是因为别人不需要回家，因为他们接着就要开会，一点半就要开会，开会的就是继续聘用的，没有得到开会通知的人就意味着不被聘用，而没有得到通知的人全单位只有我一个。

他们什么都没有对我说，我站在院子里看到所有的人兴高采烈地去吃饭的背影时自己明白了过来，院子里的树叶发着亮，他们后脑勺的头发也发着亮。然后办公室空了，走廊空了，院子也空了。

从这个中午开始，我整个人变得有些神经兮兮，有时独自发呆，有时碰到不管谁都要唠叨一遍解聘的事，我意识到从此我的生活就要改变了，我再也没有班可上，再也没有人需要我上班了。

我有时在家蒙头大睡，有时在街上的阅报栏看看报，主要是看招聘消息，那几乎全是文秘、电脑录入员、服务员，没有合适我的职业。我头脑麻木，一筹莫展。没有人能帮助我，我的心情灰暗到了极点。

这种情形延续了一个多月，有一天我忽然想起了《深港建设报》这一码事，我的精神才开始振作起来。

这个现在已经不存在了的报纸曾经像一只瑰丽的大气球，它悬挂在天空中，天蓝的背景是神秘繁华的香港，气球下方是浮动在明亮的阳光中的玻璃山般的高楼，那就是深圳。气球、蓝天以及闪烁着金属光芒的高楼浑然一体，它是一个鲜明夺目的目标，对我来说意味着冒险、再生直至辉煌，虽然它远在南方的天边，但它的光芒直抵京城。

冬天的时候东北一家报纸的编辑来京组稿，到我们《环境时报》副刊办公室坐了一会儿，那个脸上长着麻点、说话也像麻雀一样的女孩喳喳地说：要不是我脸上有点问题我早就去深圳了，他们来招人，我们东北新闻界挺受冲击的，我有好几个朋友都走了。麻雀兴致甚高，简直就像这家尚在筹办之中的什么《深港建设报》的义务推销员。她说这个报纸下半年筹办，明年创刊，是国家正式办的，可能是为九七香港回归作准备，月薪最低一千五百元，每年有半年轮换到香港工作。麻雀走后不久，我的一个上海的朋友A和N城的朋友B分别来了电话和信，原来A已捷足先登去了这家报纸，让我帮忙在北京组点名人的稿，说报纸正在试刊，需要名家撑台面，只要有名就行，不在乎写什么，他们的撒手锏是稿酬优厚，每千字两百元到三百元，即大名家千字三百元，中名家千字两百五十元，小名家千字两百元，若是特大的名家如冰心什么的，价格还可以提高。这个稿酬标准把我吓了一大跳，我们时报是千字三十元到五十元，名人们说，给你们稿子是扶贫性质的。B的来信说他已把简历寄去《深港建设报》，说像我这样的估计可拿到月薪两千元。B当年曾有过与我结婚的念头，他认为我既然已经离婚，孩子又没放在身边，何不去深圳闯一闯。在我看来，B有点重续旧情的意思。

  在冬天的时候，解聘的遭遇尚未到来，它被时间包裹得严严实实，一点影子都看不到，半点气息都没有逸出。《环境时报》的院子里，丁香树在安静地过冬，柏树从容地苍翠着，副刊部红色的门框、绿色的窗框、灰色的屋顶全都毫无声息地蛰伏在冬季里。时间一块一块地流动，在它的上空，毕毕剥剥地爆响的是《深港建设报》。现在回想起冬季，这个报纸的名字的确就像爆竹一样在那段日子炸响。深是深圳，港是香港，深港就是这两个地方的综合，是一加一大于二的相加，深圳已是一个热火朝天的名字，再加上一个繁华美妙的香港，简直就无以复加。正如深圳是焰火火红的颜色，香港就是这颜色里闪亮的金光，它们相互辉映，蔚为大观，一次、两次、三次地闪烁在灰色阴沉的冬季，在《环境时报》的院子里发出蛊惑的声音，那辉煌的亮光在熄灭之后还不停地重新闪烁，像某种制作精良技巧高超的特种焰火，它们的声音一直回荡在冬季。在单位只要有不愉快的事情发生,《深港建设报》几个字就会鱼贯来到我的眼前,它们像风一样连成一片,将我心中的乌云驱除干净,露出蔚蓝明净的天空。

被解聘之前我从未真正想到要去试试。在我的想象中,深圳是一个终日忙碌、没有午睡和闲暇的地方,而且所有的东西都贵得吓人。我既害怕高速度又害怕高消费,更重要的是我清楚自己青春已逝,妙龄不再,在那个看重色相的地方我没有什么优势。因此《深港建设报》在我的意念中一直是一只悬浮在空中的气球,而不是一块可以充饥的蛋糕。但我现在还是来到了这里,而且直到《深港建设报》都完蛋了我还待在这里,这连我自己都觉得有点匪夷所思。

我和南红住在这个叫赤尾村的地方,听地名就有一种穷途末路之感。我丢掉了工作,南红不但失去了她的男朋友和珠宝城的位置,还得了盆腔炎躺在床上,头发里长出的虱子像芝麻一样。我们各自中断了自己的生活,时间空荡荡的,窗外菜地的气味无聊地停留在房间里,就像一个讨厌的人蹲在屋子的中间,半天一动不动。

大粪的臭味从关紧的窗口逸进来,那是一畦包心菜、一畦青蒜、一畦小葱联合发出的气味,但在它们中间或在它们之上,我还是常常看到单位院子的那些丁香，那些白色的花朵从青芒峰立的葱蒜间升起。环绕着丁香的垃圾桶，土黄色的陶釉上有一只黑白间杂的大熊猫，年深日久，下部积满了尘土与污迹。我的心情时好时坏。

南红躺在床上，眼睛看着天花板。我们互相懒得说话，我知道她的疲惫比我更甚。她既疲惫又烦躁，躺在床上使劲抓她的头。这种指甲接触头皮发出的声音是世界上最难听的声音之一。房间里的一切全都混乱不堪，桌子上摆着油和酱油、火柴、盐，床上塞着梳子、美容霜，床顶的铁架上挂着两个人的胸罩和三角短裤，它们曾在大雨来临之前的闷热中散发出难闻的微腥气息。南红说如果天再这样反常地热下去，大家就会都死光。

她对什么都不抱信心。有时她不愿意吃饭，说懒得吃。吃不吃无所谓，死了就拉倒了。有时她又想通了，说怎么活都是活着，这时她就表示想吃炒米粉。我也喜欢吃，于是积极去买菜，到附近的农贸市场买来米粉、青蒜、肥瘦肉、豆芽，它们色味俱全地出现在我们的小屋里，它们的气味就是生活的气味，是生活中诱人的一面。现在我明白了为什么在犯人被砍头之前要给他们喝酒吃肉，吃了好吃的东西，基本的生活愿望就满足了。在炒米粉的日子里，我们的心情就比较好，屋子里弥漫着猪油和青蒜的香味，我们什么都不想，解聘、人工流产、离婚、上环等事情我们一概不知道。我们除了想着享受猪油和青蒜的香味之外什么都不管，每次我买菜回来就放在房间的桌子上，让南红躺在床上就能看到它们，然后我才一样一样地拿到厨房的水池去清洗。清水冲刷着我的双手，光滑而清凉，我在这时容易感到一种久违了的闲情逸致，那是一种只有童年的时光才会有的心情，在那种心情中，任何方向都是无比空阔的草地，往天上也可以打滚，往地底下也可以打滚。

但好心情总是一闪而逝，南红挠头的声音把虱子的概念传给了我，我对虱子本来没有什么印象，从未仔细看过这种与人类关系密切的小动物。在我的想象中，那首先是一种肥硕的虫子，肚子大而圆，里面装满了血，它的四只细腿在人的毛发或肌肤上爬来爬去，有时在衣服的皱褶里。它在谁的头皮上咬一口谁就会感到一阵刺痒。如果谁老不洗头洗澡它就会出现在谁的身上。

有的虱子有翅膀，这样的虱子是狗的虱子。狗虱与人虱是不同的。

南红挠头的声音充满了快感。我说南红你把头发剃掉算了，我来帮你。

她不作声，也不翻身。后来我找房东借了一把剪刀，如果这是一把剃刀就更好了，它银光闪闪，薄而锋利，我轻轻地刮着南红的头皮，她的头发脱落的地方头皮泛着青色，就像电影里陈冲的光头一样，那是满街的报摊上一再出现的著名光头。这样的光头有着一种轻盈的优美，一无牵挂万事俱休的优美，视觉上新鲜而哀绝，使这种离女人最远的发式反倒最具有女性的味道，它怪异而神秘，令人想到一些非同凡响的事件。但我没有找到剃刀，即使找到了也不敢用，弄不好会把南红的头皮刮出血来。

她低头坐在床上，我在她周围铺了一些晚报，用她的枕巾掖住她的脖子。我用剪刀剪，深一刀浅一刀，效果就像狗啃的。她的头发结成一缕一缕的，没有美感，握在手上滑腻腻的。一个女孩是否时髦，一个女人是否优雅，头发是最直接的标志，它首先必须干净，然后才谈得上其他。

头发剪到一半的时候我看到了虱子。

这是我生平第一次看见真正的虱子，我小时候生活在镇子上，很早就知道有这种动物，并且知道有一种梳头的工具叫作篦子，就是专门对付虱子的，几乎每家都有。我也听闻某某女生长过虱子，听闻虱子像病毒一样会传染，不一定讲卫生就不长虱子。女生的长发油汪汪的，善良的老教师用篦子替她从发根梳到发梢，那种油腻腻的感觉通过空气都能感觉到，就像此刻我手上捏着的南红的头发，在我松手后还沾着我的手。

后来我看见了它们，我尽可能地贴近头发根剪掉头发，虱子无处藏身，它们夹在头发中落到报纸上。我一共看到了两只，它们的形状和大小都像芝麻那样，灰色、有细须，捅它们一下就飞快地爬，我估计它们的壳有一定的硬度，所以阿Q咬起来才会响，放到火里烧也会产生"噼噼啪啪"的声音。我比较欣赏小而硬的虫子，最讨厌肉乎乎的蛆。

秃了头的南红坐在床沿上，菜地的风从窗口吹进来，床上来不及收拾的报纸和头发险些被掀起来。它们被吹起来就会在屋里弥漫，它们没有了根，轻而细，任何微小的风都会使它们离开原来的地方。

消灭了虱子并不能使我心情好起来，它出现在南红的头发上向我昭示了生活的真相，在我知道被解聘的消息的那一刻起我就听到了虱子的声音，我觉得它们其实早就不动声色地爬进了我的生活中，而我的生活就像纷乱的头发，缺乏护理，缺少光泽，局促不畅，往任何方向梳都是一团死结，要梳通只有牺牲头发。

剃了头的南红变得安静了，她不再搔头，也不像以前那样老躺在床上不动，她有时坐起来，走动走动。后来她开始对我说她自己的事，控制不住地说了又说。她说史红星这个人实在非常小气，简直不像男人，又说老歪虽然是个混蛋，但这个人还是有点好玩，而且比较大方。她还跟我说她的一次怀孕，一次放环，一次晚上给家里打长途被人抢了钱，她母亲在电话里听到她一声尖叫就没有声音了，还有一次她跟人合住的房间被偷得一干二净，好一点的衣服都被人拿走了，现在的衣服都是后来买的。

她跟我说她的一切，诉说使她舒服。

有一天我忽然说："南红，我想把你的故事写成小说。"

她当时正坐在床角里晃着身子，好像想起了一首当时流行的情歌。她停下来，看看我。我说我也许能写成一部长篇小说，有一个认识的人做了书商，劝我写写自己，说现在这类书能卖得动。我还没有想定，我觉得自己的生活太平淡，每天上班下班的没有什么写头，不像你，还有惊险的成分，我想先拣精彩的写，如果能写成就写我自己，如果真的能写成畅销书，我和扣扣的生活就不成问题了，起码两三年内不用急着找工作。

南红没有说话。她又开始摇晃身子，但她晃得有些慢，看来她是在想。

半天她说你写吧，不要用我的真名就行，就算我作贡献吧。

我买了两本稿纸和圆珠笔，吃完早饭我就把厨房的灶台擦干净，好在这一带农民的房子都装修得不错，每家的灶台都贴了瓷砖。我把房间里唯一的一张木椅子搬到厨房，把灶台当作我的桌子，崭新而厚实的一本稿纸端正地放在瓷砖上，干净、明亮、神清气爽的，有一种新开端的感觉。我觉得选中厨房写作的念头真的不赖，房间里虽然有一张三屉桌，但它上面堆满了乱糟糟的东西不说，更要命的是床上躺着南红，我不喜欢背后有一双眼睛直勾勾看着自己，即使她毫无好奇心，一天到晚浑然不觉，我也没法在有人的房间里写出东西来，更何况我写的就是这个人。

我暗暗庆幸南红租住的这套一居室五脏俱全，厨房里有瓷砖的灶台，这真是太好了。厨房，这是多么令我感到安全的地方。我跃跃欲试地坐下来，心里充满了兴奋。

但我一时写不出来。

我多年不写作，现在才发现自己找不到语感了。我心里拥挤着许多东西，不管我在做什么，到街上买东西、做饭、洗衣服、上厕所，甚至在跟南红说着话，我要写的东西都会在我的脑子里奔腾，它们真像是大海里的水，层层叠叠，一浪又一浪。但它们没有流畅的通道，我不知道怎样才能把它们写出来。我脑子里出现的是某件事的开始或结局，某个人无法忘记的面容，某阵心疼的疼，某时生气的气，但我就是不知道怎么把它们写出来。

我完全没有想到，仅仅五年不写作，我原有的语言能力就几乎完全丧失了。我在一张纸上乱画，咬咬牙写下了一行行字，但我发现它们干巴巴的缺乏弹性、没有生命，离我的内心十分遥远。它们罗列在纸上，真像一些丧失了米粒的谷壳，形容丑陋。

我到底是在哪里丢失了我的语言的呢？它们竟然在不知不觉中就被丢失了，就像时间一样无声地流走了。它们像断了线的珠子滴落的时候我正在为吃饭和孩子而忙碌，它们落地的声音我无从察觉。我知道自己夸大了它们，我当年的语言也许只是一种石头，我却在时光的流转中把它们看成了晶石。现在我下笔艰涩，回想起几年前的写作，当时心里想的总能很快找到句子，或者说它们像正手和反手，互相迎接和寻找，然后在空中响亮地拍响，它们互相发现，各自的拇指、中指、无名指、小指以及掌心是完全吻合的。我加倍地放大这种逝去的感觉，它们变得如同一片床前的明月之光，散发着无与伦比的气息，那些早已掩埋在箱底的旧作使我产生了一种乡愁般的怀念。

到底是什么从根本上损害了我的语言能力？当我深究这个问题，令人疲惫的婚姻家庭和工作就像沙尘暴一样来势汹汹，沙子呼啸而起，一切琐碎的记忆令人头疼。五年来我缺乏充足的睡眠，稍有空闲，首先想到的就是好好睡上一觉，对别的一切均无奢望。我根本没有耐心来考虑自己的愿望和内心。现在我暗暗庆幸生活的断裂给我带来的希望，也许一切都来得及。我从事物的反面找到了正面：虽然我的语言表达已经很不理想，但我的感受力还在，语感的好坏我一眼还是能够作出判断，这是早年N城的写作生涯给我的一份馈赠。大学毕业后有几年我曾经写诗，诗歌这种形式对语言纯度的要求使我受到了良好的训练，同时在大学时代大量的阅读也强化了我的语言感受力，由此我想到，我完全有可能恢复我的写作能力。

我开始到图书馆去。从赤尾村到在荔湖公园的图书馆很方便，不用倒车，坐13路，三站就到了。而且那里环境也不错，有一个荔湖，虽然跟北海不能比，但毕竟是一个湖，还有比别处更多更集中的草地和树木，这比赤尾村的喧闹和混杂要好多了。

图书馆使我感到亲切，我对它的内部结构了如指掌。进了门我就像回到了自己家，无须打听，轻车熟路径往中文期刊阅览室，那些我曾经十分熟悉的杂志，从大学时代始我经常翻阅它们，婚后生了孩子，差不多有五年没有正经看杂志了。现在，在一个陌生的地方，它们一本一本安静地摆在书架上，我看到它们，就像看到多年不通音讯的老朋友，封面虽已不同往日，但各自刊名的字体依然如故，鲁迅体、茅盾体、毛泽东体，还有规整的标宋，真像老朋友虽然换了衣服，但面孔还是那一张，我看到刊名马上就记起了它们各自的风格。我站在书架前，心里有一种感动和无比的舒服。我首先找到那几本曾经发表过我的诗歌的刊物，我看到当年的责任编辑还在，他们的名字印在扉页或者尾页，或者每一篇作品的最后，在括号里。责编中有的见过面，他们因笔会到N城来，有的一直没有见过。

那个上午，我几乎不能静下心来读任何一本杂志，我打开一本，心里又惦记着另一本，每本的目录中都有一些吸引我的篇目，五年前活跃的青年作家有一些如今还在目录上，我喜欢他们那些富有新鲜感的文字。我后来才意识到，我之所以不去借阅那些伟大的经典名著，而是急着看当代最新的作品，是因为我指望这些同代人写下的文字中那新鲜的语感刺激我，使我迅速恢复我的语言能力。当然，这只是一个小小的功利的目的，不管我写不写作，阅读都会给我带来极大的快感。那几个我熟悉的名字集中在几本期刊里，它们对我有着某种召唤力。我不否认，我心怀的隐秘愿望与这些人有关。

阅读唤起了我即将遗忘的一切，杂志的名字、作家的名字、责编的名字，以及阅览室里安静的气氛，读者梦幻般的神情，整体的气息包裹着我，与写作相关的往事就这样扑面而来。构思、写作、激动、投稿、发表、拿到样刊和稿费，这些亲历的印象一一回到了我的心里。

我一时不知道从什么地方开始，从南红离开N城到深圳，还是从去年冬天她来北京，从她一个男友写到另一个男友，或者干脆从二十世纪八十年代写起，那些夸张的尖叫和做作的拥抱、别出心裁的生日晚会、稀奇古怪的衣服……许多个点都可以切入，这些点像星星一样布满了南方的天空。它们变动着自己的位置，像在冰上行走那样优美地滑动，形成各自的轨迹，它们互相交叉使我眼花缭乱，无从下手。

同时我也不知道怎么把这些生活中的点连接起来，连接的方式有许多种，到底哪一种是最好的？我想我所能做的有两点，一是不分先后统统写出来，然后按照不同的方法把它们连接，这样或许可以判断出哪一种组合更理想。第二是我根本不连接它们，就让它们像天上的星星一样撒满整个天空，不同的人不同的连接构成不同的星座。要知道，星座这种东西本来就是人类按照人类的原则和需要强加的。

我想我脸上的恍惚神情就是持续的阅读带来的，我把它们带回赤尾村，我推门进房的手势就带上了它们，我去买回的青菜上和我洗的衣服的皱褶里，有时会浮出一些句子和单词，这些携带着能量的词句像一些具有巫性的咒符，跳荡在我与南红合住的屋子里，使我看到某种伤口、破裂、恐惧与期待。

那些在这个时候打中我的内心的词句就像中医里的针灸，它们刺中了我的哑门穴，于是哑巴说话，铁树开花。就这样，我不能不写下那些支离破碎的片断，我相信，它们等候的就是我。

第二部

（一）

冬天的时候

冬天的时候南红来北京。

那天是星期天，天黑得特别早，四点不到街上的灯都开了。过了一会儿我再往窗口看的时候，雪花已经漫天飞舞，它们像雪白的鹅毛在街灯橙黄色的光晕下摇摇晃晃地落下来，之多、之零乱、之热闹繁喧，与它们安静地落下，最后悄无声息地化为水恰成两极。我第一次意识到雪的这两种不同的秉性，加上那是北京入冬以来的第一场雪，我在窗前看了很久。

这是我婚后五年少有的奢侈时分，要不是离了婚，女儿送回了母亲家，纵有闲暇也没有心情望雪。下雪使我心情不错，我什么都不想，只盯着雪花，心里平静如水。

快十一点的时候电话突然响了，这是很反常的情况，我一下紧张起来。我不知道是不是该接这个电话。作为一个独居的女人，我在很短的时间里就变得小心过头，对每一件事都疑虑重重。疑虑绝对是有重量的，它一重重从我的头脑注满我的全身，成为我疲惫的来源之一。当时我脑子里同时闪出了几种可能：骚扰电话？抢劫者？母亲来长途告诉我扣扣病了？等等。

我手心的汗开始渗出，电话铃停了之后又响起来，我拿起听筒，听见一个沙哑的女声说：是林多米家吗？

我说是。她说哎呀你的电话没变！我一点都听不出来是谁。韦南红的声音完全变了，完全是她自己所说的"好沧桑啊"的那种沧桑而沙哑的声音，有点神秘，有点性感，往日N城岁月那种尖而细同时高八度的音质几乎荡然无存，只有那一惊一乍的语速没有改变。

她说她在北京机场，飞机晚点了刚到。我马上就答应让她住到我家。然后我又等了半小时，这半个小时中大雪纷飞。

半个小时后我穿好大衣包紧头巾到街上等她，这时候雪花变得更大更轻了，它们在空中飘舞的姿势有一种难以言说的美，凄艳、缠绵而又决绝，比白天和黄昏更多了一层灵的成分。我从未独自在下雪的深夜露天待过，这个夜晚由于南红的到来我记得很清楚。

我记得很清楚，在雪花飞舞中从出租车里钻出来的南红，她戴着一顶宽檐的黑色呢帽，身上是一件长及脚踝的黑丝长风衣，它迎风飘飞的轻盈质感使我觉得这肯定是一种丝绸。雪花大朵大朵地落在她的帽子和风衣上，雪的白色在她浓黑的全身衬托下显得极其艳丽，那是一种冷到极点、冷入骨的艳，全无人间色彩的艳。那整幅风雪美人图在瑟瑟发抖，南红缩着颈吸着鼻子说：怎么北京这么冷啊！

到家之后她脱去了风衣，露出袒胸的低领毛衣，胸前一大片皮肤是一种太阳晒出来的褐色，散发出南方的气息和性的气息。在北京，我很少看到有人这样穿，除了那些在高档轿车里端坐不动的小姐。南红戴着一条式样十分别致的白金项链，链条纤细，胸前垂着一粒闪闪发光的钻石或水晶。我对宝石毫无常识，无法判断它们到底是什么。她化着妆，脸上的脂粉有些残了，眼角的皱纹隐约可见，只有口红还鲜艳完整，大概在出租车里刚刚补过。

她抬起脸问：我老多了吧？我没说话。她又说：很坎坷的。

我准备给她烧一锅洗澡水，我并没有觉得没有热水器会是一个问题，在N城生活的女孩都是用桶或者水盆接水洗澡的，南红即使在深圳待了十年她骨子里也仍然是一个N城女孩。N城漫长而炎热的夏天把一盆又一盆的温水泼到我们身上，这是一件十分方便的日常事情，那时候绝大多数人家都不搞什么喷淋器。但是南红奇怪地问：你为什么不安一个热水器呢？

接着她又发现了我家地上铺的是早已过时而且已经陈旧不堪的地板革，她环顾四周，桌子、组合柜、书橱、沙发、茶几，看出了这个家庭的寒酸。

她忍不住说：我真不明白你为什么要来北京，我实在看不出有什么好。

我说你听没听说过圆明园的流浪画家，他们把户口、职业、家庭什么都扔掉了，还经常要饿肚子。

南红漫不经心地说，我真不明白他们为什么要这样，这样有什么意思。

这话使我感到了大大的意外。以我所知的二十世纪八十年代的韦南红，她那种对诸多艺术门类的狂热以及旁若无人的浪漫情怀，压根儿就应该是圆明园中坚定的一员。有段时间她常在家里或学校穿一件宽大的厚布衣服，上面沾满了油画颜料，她还交了许多画家朋友，其中有当时N城最有名气的青年画家。我记得曾经有某个下午，她把我拉到一位在美国成功地举办了个人画展的青年画家的家里，热心地让我看人家在国外的风光照片。

南红的油画兴趣起码持续了三年，在我离开N城之后还收到了她寄来的一张她的油画作品的照片，据信上说是她的毕业创作，而且曾经在学院的元旦画展上展出过。画面的背景是浓黑，两把错落展开的巨大的中国折扇占据了几乎整个画面，一红一蓝，色彩给人以奇峻之感，折扇的竹条架隐隐约约。折扇的浓红和艳蓝前面是一位跪着的白衣少女，她长发披垂，脸部正对。

我想这幅画如果没有学上三年大概是画不出来的。也就是说，南红起码算得上是一位美术青年（她同时也是一名热情的文学青年，N城所有的青年诗人和小说家全都认识她），如果在她艺术学院艺术师范系毕业的时候有人鼓动她放弃一切到北京寻求发展，她太有可能像直奔深圳那样直奔圆明园了。

我想南红已经完全变了。人都会变这我知道。但确实想不到她会变得这么快，这么彻底。

南红第二天出去跑了一天，中饭和晚饭都没有回来吃，晚上快十点才回来。整整一天，深圳的长途来了三次找她，是一个听不出年龄的男人的声音，南方人，讲一口以前我听惯了的半生不熟的普通话。

她回来后耐着心坐了一时，马上就又扑到电话上了。我等着她打完电话跟我聊聊天，说说她这几年。

她没有说。

她拿出一堆金项链和镶着宝石的戒指给我看，她说明天她将到天津去，然后从天津到济南，现在是销售旺季，她要把这些样品带到她所包干的地区的珠宝店。到济南将坐火车，随身带的珠宝去掉了一半，她就不会那么紧张了。她热心地对我进行宝石启蒙，从蓝宝、红宝、绿宝讲到钻石，从欧泊、石榴石、紫晶石讲到黄玉。她举着一小把金项链让我挑一条买下来，她说在她手里买很便宜，外面买会贵得多，她又帮我选了一条非常细、戴在脖子上几乎看不见、团在手心只有一滴水那么大的21K金的一种款式，她说内行的人都不会戴24K金的，足金太软，缺乏硬度，加工不出太好的款式。

于是我就花了一百多元钱买了下来。

这个晚上就这样过去了，第二天她去天津，我去上班。此后又是一直没通音讯。

我压根儿想不到，几个月后我还是去了深圳，尽管我那么不喜欢这个城市，不喜欢被这个城市加工过的南红，我还是来了。命运有时候就是以恶作剧的面目出现的。

关于南红的回忆：南非

南非是南红最大的理想。

在二十世纪八十年代的N城，南红无论热爱诗歌还是热爱绘画，她总是念念不忘非洲，她记得那些稀奇古怪的非洲小国的国名，什么纳米比亚、索马里、莫桑比克等等，她还喜欢隔一段时间就到农学院去，那里有不少来自非洲的留学生，他们从自己炎热的国家来到这个炎热的省份，学习怎样把水稻种得更好。这些黑皮肤青年是N城街头最常见到的外国人。

　　N城并不是一个开放城市，也没有可资观光的旅游资源，它只是边陲省份的省会。虽然是省会，却比别的省会少着许多辉煌，它先天不足，后天也不足，它既小又缺乏统一规划。它唯一可以骄傲的是拥有两三条种着棕榈的街道，宽大而美丽的棕榈叶子构成着这个城市的亚热带风光。N城的街头很少看得见白种的外国人，如果他们出现在十字路口，就总是会被来自四个方向的回头驻足的人们所困惑。这些为数不多像大熊猫一样稀有的白种老外大多数是游览了著名的桂林山水之后到N城来的，他们发现N城毫无特点和魅力，于是赶紧离开了。只有非洲的黑人留学生会长时间地穿行在我们城市的街头。他们熟练地骑着自行车，穿着牛仔裤，上身是带格子的衬衣，他们头发短而鬈曲，眼白和牙齿同样洁白，发出闪亮的瓷光。因此我们难以辨认和区别他们到底谁是谁。他们面容一致地走在N城的大街上，我们对此司空见惯，从来不会回头多看他们一眼。

　　我不明白南红为什么会对他们发生兴趣，不明白她是因为热爱非洲才热爱非洲青年，抑或是相反。她对非洲的兴趣大概始于二十世纪八十年代中期，那时台湾三毛的撒哈拉沙漠的童话正在席卷内地，而N城街头的黑人青年适时而降，他们中的一两个来到了南红的生日晚会上，我觉得这不过是南红喜欢新奇刺激的又一花招，就跟她从一种奇装异服跨越到另一种奇装异服一样。

对于南红一如既往地想念非洲我一直感到奇怪，她写诗的时候声称毕业后要去非洲工作，迷上服装设计也说将来要去非洲，到了学油画她还是说：我将来肯定是要去非洲的。我说你去做什么呢，去画画吗？她说我反正是要去的，去干什么工作都可以，有时间就画画，没时间就不画。这样的对话在N城有过好几次。南红的一些有点成就的朋友（N城的青年画家或作家，南红总是风风火火地拜人家为师，交往的次数一多，就成了朋友），有时会当着她的面预言，她这样见异思迁两年之中换三种方向将来会一事无成，他们为她担心，这样飘来飘去，没有事业（二十世纪八十年代这是一个庄重的词）就如同没有根，将来在生活中找不到自己的位置，只能像一般女孩那样嫁人过日子。

这些话是一个叫颜海天的男人说的。颜海天是艺术学院的教师、青年油画家，曾有作品上过全国美展，画风时变，前途莫测。在一个夏天的傍晚，我们三人坐在学院操场的草地上乘凉，天光一点点散尽，四周的教室、礼堂、宿舍楼、树木一点点暗下来，抬头望一次它们的色调就变化一点，在黄昏太阳落山的时候这种变化十分明显，可以从红光漫射的夕照迅速过渡到灰暗的夜色，使人怦然心动，如同黄昏将人一生的浓缩放在了眼前，作了明白的昭示，心里的苍凉和空茫很容易就滋生出来。天上的星星一颗一颗从浅灰、深灰、灰黑、浓黑中浮现，最后布满了整个天空，这又使人从晚霞消逝的暗淡中振奋起来，心里注满了无端的感动……

夜气降临在我的头发上，我垫座的那本文学杂志有点潮润，我和颜海天、韦南红三人各隔着两三米坐着，他们的面容和青草的气息浮动在刚刚降临的夜晚中。

颜海天说南红你现在年轻，可以当文学青年也可以当美术青年，但人不能当一辈子文学青年，不可能几十岁了还像文学青年一样东游西荡。

然后三人都没有说话。大片大片的空白从我们中间穿插而过。那个黄昏的特别之处就在于你可以很奢侈地为未来担心和叹息，而未来的压力还远远地躲在暗处。

颜海天又说南红你交际这样广，我为你想到了一种角色，当美术鉴赏家，中介人，像欧洲的贵妇人，向沙龙、画廊、美术批评家推荐优秀作品和画家，这用不着你刻苦画画，也不需要太高的理论水平。

我也觉得这是目前所能想到的南红的最好出路。但是颜海天一挥手就把这个大肥皂泡戳破了。他说不过南红,我觉得你不够品位,这种人眼光得非常准。能从许多人中发现天才,发现某些别人还不承认但又非常独创非常有价值的东西,这你更不行,你一切都得听别人说,混了几年也没形成自己的目光。

这些话使我心怀忧郁。不知道南红将来怎么办,能做一个什么样的人呢?

南红忽然说:我将来要到非洲去!语气十分坚定。

颜海天说你去非洲干什么?南红说反正是要到非洲去。

冬天的时候南红从深圳来,她从声音到外貌都发生了巨大的变化,我以为她的非洲也早就消失干净。结果她还是说:我将来要到南非去。

非洲就像生长在她的身体里,生长得像那些健康细胞一样正常,只要一息尚存,非洲就不会丢失。唯一的区别是,非洲具体成了南非。

听到南非我有些陌生,反应不过来南非就是当年南红的非洲中的一个国家。她提醒我说,我不是一直就要到非洲去的吗?南非出产黄金和钻石。她说她将来准备移民南非,她的珠宝知识会使她很容易在珠宝业找到工作。她还认识了一个男朋友,是南非一家大公司的代理,她可能跟他一起去。她正在托人办理有关南非的事,快的话明年就可能去成,慢的话等几年也没关系,这样她小时候的愿望就实现了。

  我当时对南红有一种重逢后的陌生，对她一进门就扑向电话、对她对我的物质现状的否定态度等等有一种弥漫的不快。加上我不习惯太晚睡觉，而她的南非又出现在半夜，这样我的心智被以上那些因素以及浓重的睡意遮蔽着，基本处于与夜晚同样黑暗的状态。现在在深圳，在赤尾村，空气中是海的气息，当我再次碰到南非这个词，它所携带的海洋般的蓝色忽然被热带的阳光所照耀，隔着它和南红的浩瀚的印度洋明亮地显现了，那些蓝色的波浪一浪又一浪地从南红的身体发出，直抵南非，它们推动时发出的一阵又一阵钟声般的涛鸣向我展示了一条灿烂的航道，某艘童话中才有的白色宫殿般的巨大客轮无声地滑动在波涛之上，大朵大朵的海星结缀在南红的肩膀上发出彩虹的光芒，海风腥咸的气味使她变得像海水一样浑身蔚蓝。

  香港，这个繁花似锦的名字；雅加达，这个珍珠般洁白的名字；开普敦，这个黄金般闪烁的名字，它们一一从海洋的深处浮动到波涛之上。从香港到雅加达一千八百五十海里，从雅加达到开普敦五千一百八十海里，只要穿越印度洋就能到达南非的开普敦，只要坐海船就能从香港到达雅加达。而深圳与香港只有一街之隔！

  我想这很可能是南红毕业后来深圳的潜在原因。

深圳赤尾村的南非在南红的枕头边或抽屉里，我想她的箱子里的旧影集上或许还有几张与非洲黑人留学生的合影。她是一个热衷于照相和保留照片的人（我在她这里发现我的一张旧照片，那上面是N城二十世纪八十年代文学聚会的某一瞬间）。她的全部关于南非的线索仅仅是一本简易的世界地图册和两份有关南非的剪报，一篇题为《南非金矿与华工血泪》，说的是上世纪初招工到南非采金矿的华工的血泪史。另一篇叫作《我在美丽的南非》，是两页杂志上的文章，为一名古人类学者所作，因为人类起源的第一个阶段以南方古猿化石为代表，而该类化石最早就是在南非开普敦发现的，只有到南非的博物馆才能实地考察这些意义非凡的化石头骨。这篇有着美丽诱惑标题的文章通篇都说的是枯燥的化石头骨，唯一可取之处是那幅压题照片，有半页的篇幅，五位学者站在一块标志着南非经纬度的横幅木牌前，露出灿烂的笑容。我很少看到如此整齐的每个人都露出白色牙齿的合影照片，他们的笑容单一而夺目，每个人都是一个亮点，这种亮光从内心深处发出，到达牙齿，然后像花一样开放在脸上，笑容的光辉相互辉映，连成一片透明的光幕。他们的身后是刻痕鲜明色调深浅不一的裸露岩石，有一角蓝天将画面破开，尽管这是一幅黑白照片，但在我的感觉中却是色彩十分鲜明丰富的彩照，所以在我第二次看到它的时候还以为并不是同一张照片。它上面那一角蓝而透明的天空以及火红的岩石给了我如此之深的印象，我不知道在哪里看到了它们，也许正是照片上人的笑容的灿烂光辉把一切都镀上了光和色，连同他们自己。画面上三位男士一位穿着白西服，一位穿着黑衬衣，一位穿着格子衬衣，两位女士穿着花衬衣和黑色外套，就是这样一些简单的衣服，但我感到了画面的绚烂夺目。在照片的底部，衬着七个美丽的反白立体标宋字：我在美丽的南非。这几个平常的字无端地给了我一种惊奇，仿佛它们不是我们随处可见的汉字，而是一种只有南非才生长的美丽事物，是某种洁白的花朵，衬托在由蔚蓝与火红两种颜色组成的南非的图案上，天长而地久。

　　南红所知道的南非就是这些。这不是一个真实的南非，在她到达南非之前，无论她拥有多少南非的资料她都无法拥有一个事实中的南非。南非浸泡在海水中，镶嵌在黄金和钻石里，浓缩在南红的身体内。南红体内的南非，有着红色的山和蓝色的海，有大片大片的草地和绵羊，有大片大片的玉米地，玉米宽大的叶子曾经出现在南红蹩脚的诗歌和素描中，它的沙漠跟三毛的撒哈拉沙漠差不多，它的黑人跟N城的农学院的黑人差不多。

　　南红携带着这个南非，躺在赤尾村出租的农民房子里。

南红闯深圳的简历

韦南红在艺术学院读的是艺术师范系，毕业后她的同班同学大部分分到了市、地、县各级中学当了美术教师。南红不想当中学教师，由于她交际广泛，这一点很容易就做到了。于是她被分到N城一家金属工艺品厂技术科，两个月后跟领导彻底闹翻，于是不要档案空手去了深圳。

她在G省驻深圳办事处招待所住了一个星期，睡六个人一间的架子床上铺，正好有一个空床位，不用付房钱。住了一周，找到了一个月收入三百多元的工作，在国贸中心当文员。结果试用期未满就被炒掉了。只好又回到G省办事处招待所，住六个人一间的架子床，跟临时打工的服务员挤在一起。

后来她得到一个机会到新丽得珠宝公司干，她在金属工艺品厂学到的见识这时派上了用场。新丽得在一家大酒店的其中一层，有职员住房，条件不错，又能学到业务，总算落下脚了，却不料部门经理是个色鬼，一天到晚性骚扰，南红忍无可忍，辞了工作住到一个女友家。

后来又找到了一个工作，后来又辞了。最后才到了珠宝城搞销售。

我知道，这个简历就像一出肥皂剧那样毫无新意，平庸乏味，我连写一遍的耐心都没有。但这就是南红自己告诉我的她闯深圳几年的经历。由于她事先所渲染的坎坷,使我觉得这份经历不够曲折、不够大起大落、奇峰突起、悬念丛生。在她没说完的时候我还有一点好奇心在支撑着,当她说完后我回头一想就觉得实在太平淡无奇了。我所记得的只是从一个公司到另一个公司,被人偷光了所有东西,又被抢了钱包,此外还交了几个男朋友(这事她开始的时候总是点到为止,后来她才忍不住说他们,控制不住地说),得了一场妇科病。这些全都是一些概念,它们像砖头一样有着一目了然的外形。我作为一名局外人所看到的不外乎就是这些概念的连缀,就像砖头连着砖头一样乏味。

我想南红经历过的那些没有被讲出来的时光才是真正的时光,它们深藏在一个又一个概念的内部,那些切肤的疼痛只有南红才能辨认出来,在她把它们变成了话并且说出来的同时,真实的碎片在她的身体中掠过,它们碰痛了她,使她情绪动荡,但我一点都看不见它们,我跟南红处在两个不同的心理时空中,互不相干,我无法碰到她。

后来我发现,在她几年的深圳生活中,每一点转折都隐藏着一个男人的影子,一个住处、一份职业、一点机会,几乎全都与一名男朋友有关。尽管她或者略去他们,或者蜻蜓点水一晃而过,但他们化为了碎片拥塞在她的内心,在任何时候都可能逸出。她从来不对我刻意隐瞒他们，只是她在讲述她的异性交往史时支离破碎，时序倒错，混乱不堪，我很难从中理出一个头绪来。但是头绪对她不重要，对我也不那么重要，反正每一个男人就是一个单独的头绪，谁先谁后无足轻重，他们这些头绪交织到一起形成一张网，女人如同网中之鱼，无处逃遁。

写作

现在我想解聘也许对我是一件不坏的事，我突然有了一大片一大片的时间，再也不用去上班了，再也不用看领导的脸色，再也不会挨批评了。现在《深港建设报》下马，我一时找不到别的工作，机会就这样来了，写作本来是我喜欢做的事情，但我始终没有实现这点隐秘的心愿，一次都没有。不光时间被切割得支离破碎，感受也是如此。割碎它们的是菜市、厨房、单位、工资、睡眠不足和体质下降。这一切像一些蛀虫，它们在我的生活中乱爬，把我的愿望蛀得所剩无几。

日常生活铺天盖地，一层又一层挡住了我的梦想。梦中的光亮一碰到现实就被挡住了，它的影子越来越模糊，直至完全消失。我对自己也越来越不自信，我想即使我把一切都扔掉，我是否就能实现自己的梦想呢？我已经三十多岁了，女人到了这个年龄，干什么都晚了，一切未知的事情全都有了答案，嫁一个男人，生一个孩子，一切就定型了。本来是一汪水，流来流去，任何一个点都可能发光，定型就意味着被装入了容器，各种形状各异的瓶子，不管什么样的瓶子，结果都是一样的，那就是，永远不能流动了，直到在里头发臭变干。除非瓶子破了或倒了。可是，水如何能撑破瓶子呢？

命运这个词又一次站立在我的面前，它是多么强大和不可抗拒。我不愿意被解聘，但还是被解聘了；我不想到深圳来，但还是来了；我以为我永远不会再写作，但我突然间发现，内心的念头一下来到了，时间也奇迹般地出现在眼前。我是一个经常会听到命运的声音的人，那些声音变幻莫测，有时来势汹汹，像铺天盖地的噪音，啸叫着环绕我的头脑飞转，它们运转的速度又变成另一种噪音，这双重的噪音一下就把你打倒了。更多的时候是一种窃窃私语，你不知道它们从哪里发出，它们在说出什么，但它们从空气中源源不绝地涌过来，墙上窗上天花板和地板，桌子、凳子和床，到处都是它们细细的声音，它们平凡得听不见。有一些特殊的时候，命运的声音是一种乐曲，它踮手踮脚，轻盈地逶迤而来，像一阵风，从门口进来，砰的一声，令人精神振作。就像现在这样，那句从久远的N城岁月里来到的乐句一下驱散了形形色色的噪音，它使空气纯净，并且产生宜人的颤动，它像一个久未谋面的老朋友从已经逝去的N城岁月中浮出，亲切地站在你的面前。

（二）

关于南红 一

南红经常提到两个男人，一个是江西人，再一个是家在军区的男人。她自始至终也没告诉我他们的名字，她在讲他们的时候总是说江西人，家在军区的那人，后来我告诉南红，我不想在小说中直接写江西人，这样所有江西籍的人看了都会心里不舒服，我必须给他们取一个名字。南红想了一会儿，说可以把那个江西人叫老歪，因为他的眼睛有点斜，而那个家在军区的男人，我可以随便给他取一个名字。

南红那时身体调养得好些了，心情也跟着好起来，她两三天就洗一次头，每天洗澡换衣服，屋子里弥漫着洗发剂和浴液的清香气味，平添了清洁和积极的新气象，我刚住进来时那种无处不在的晦气也像被这弥漫的清洁气味所驱赶，几乎是荡然无存了。我们同时发现，最好的空气清新器原来就是我们自身，而真正的空气清新剂就是良好的心情。

南红的头发已经长了寸把长，她的头看起来像一只刺猬，这种不长不短的样子总是最难看的，还不如全秃的时候别有一种妩媚和性感，还有一种决绝的悲哀之美。再加上陈冲《诱僧》正领风骚，秃头也算得上是一种时髦，只有不长不短才最尴尬。

她的气色和心情好起来就开始照镜子，有时她用摩丝把头发贴紧，把难看的刺猬头弄成一个勉强能算得上是一种发型的超短发型，有时为了配合这个发型，南红就会化上妆，她抹上一种明亮的口红，这时立即就会显得年轻些同时也漂亮些。这时南红就会说，我将来要去南非。她把南非的图片贴在床头的墙上，那是开普敦的海滨风光照，蔚蓝的海水和白色的房子，它们那么小地站立在南红的床头，就像一只诱惑的眼睛闪烁不定。

我从来就觉得南非是个没法去的地方，虽然确实有这样一个地方，但我们很少听到有人要去那里，也没有看到有熟人或朋友，或者朋友的朋友、熟人的熟人从那里回来，它在我们的意识中就成了与美、澳、加等国处在不同世界的不同质的事物，它跟南极或北极或者珠峰相似，只是少数人为了特殊的目的才去的地方，对大多数人来说，把它们当作一个象征还是一个童话都无所谓，反正我们永远都不要到那里去。

南红在深圳混了两三年，对诗歌、绘画以及一切跟文学艺术沾上边的东西统统丧失了热情，唯独对南非的向往没有变，这是她最后的一点浪漫情怀，一点就是全部，就因为她还有这点东西，我觉得她还是以前那个南红。我是一个对远方虽然有幻想但定力不够的人，我十八九岁的时候曾幻想有朝一日能去南极，到了二十多岁又幻想去西藏。到二十八九岁就什么都不想了。一次怀孕和打胎就把任何幻想都打掉了。南红在经历了人流、放环大出血、盆腔炎之后还对南非矢志不渝，确实很不容易。

她没有给我看老歪的照片，我不知道是不愿意给我看还是根本就没有，我觉得可能是后者。深圳给我的感觉是一个频繁更换男朋友的地方，没有什么需要记住、永世不忘，也没有时间来记取，异性的照片不光没有必要，而且是十二分的多余。对于一个新的朋友，你把两个月前的旧照片往哪里藏呢？而且藏着又用来干什么呢？一边拍照下来一边又不得不尽快处理，实在是自己给自己找麻烦。南红给我看的照片几乎全是她一个人的，有骑马的、打保龄球的、穿着泳装坐在游泳池边的白色沙滩椅上的、站在欧洲情调的度假村前的等等。其中骑马那张她曾寄给我，当时她刚到深圳不久，工作还没有找到，就照了这样一张春风得意的照片，穿着一套黑色卡腰的衣服，有点像专门的骑士装，还戴着一顶呢帽，虽然看上去不伦不类，但由于骑在了马上，脱离了庸常的日常生活，看起来也不觉得太怪。马是一匹褐色的高头大马，十分高大漂亮，跟电视赛马场面中的那些世界名驹相比毫不逊色，与此相比，旅游景点那些供游人骑坐拍照的马根本就不能算马，它们的驯服、无精打采、麻木不仁彻底丧失了马的本性。即使没有那些人气太重的旅游背景它们也显得虚假。在我的印象中，南红似乎是从N城一头冲上广州近郊那匹油光水亮的大马，然后回眸一笑，进入一种当代的浮华和浪漫之中。

老歪的头部就在这片喧嚣的繁华中浮现出来，我觉得他属于那种虽说不能算丑但亦不能算周正的年轻人，既不蠢也不聪明，有些瘦，偏矮，但在深圳的街上还走得出去。南红说他有一个大姐在北京的一家什么杂志社，这家杂志社既有外资，又有上层的后台，在深圳搞了一个办事处，办事处实际上只有老歪姐姐一个人，她一年中只有两个月在深圳，房间总是空着。于是老歪兴致勃勃地从南昌的一家工厂的技术科辞了职，来给办事处看房子，他志得意满地通知他的师范大专班同学，他要去闯深圳了。

在二十世纪九十年代初，大哥大和轿车日益成为男人是否成功、是否有地位、是否正在干事而不是游手好闲的必要道具，它们普遍使一切女人感到没有这两样东西的男人根本就不是男人，老歪的道具简直就是从天而降，专门在办事处八成新地等候着他，他在街头气氛的裹挟下，三下两下就把公家的财产变成了私人的。在我的印象中，深圳的大多数女人在接受一个男人的开始时，总是收拾好自己，坐上一辆由男人开来的车，去赴一次晚餐，她们春夏秋冬穿着裙子，像影视里高雅的欧洲女人那样侧身进入车里，坐稳后才把小腿抽进去，但这种小腿往往粗短、肥厚、笨拙，完全不像广告里出现的那样标准美腿的修长、瘦削、优雅和神秘。不过这就是大街上的感觉，她们遍布在深圳的大街上，坐上男人的汽车，吃男人请的晚饭。

有关的两个词：孤寒、衰

南红说在深圳，只要是单身女人，就经常会有男人请吃饭。从早茶到晚饭到消夜，没有人请吃饭的女人是可悲的，说明你特别老或者特别丑。不请女人吃饭的男人则是可耻的，说明你不会开心或者是穷光蛋。深圳这样的地方聚集了无数单身男女，这是一个来"闯"的地方，闯就意味着抛家舍业，只身前往。在这个只身闯荡的城市里，谁都有一份被注定了的孤单，这点孤单像空气一样，可以随时忘掉，又可以随时跑出来，可以随便地压在心里，又可以无限地膨胀和弥漫，搞得昏天黑地让人难过。

有谁愿意在高速运转的一天之后独自吃饭呢？有谁愿意在输赢未卜的一天开始之前一个人吃早点呢？未免暗淡和低调了啊。一个人开始又一个人结束，这只能用一个词来形容，这个词就是：孤寒。

孤寒是最要不得的，是人之大忌，谁被人说了孤寒，那就真是惨到底了。这世界除了干力气活的就只有书生这一类人可以理所当然地称其为孤寒，没有人会觉得他们惨到底，因为书生就应该是这样的，清清苦苦地读书做学问，秀才人情半张纸。但这些来闯深圳的人都不是来做书生的，而是要赚大钱得富贵，他们中有不少人本就是能人，有着一身的本事：有些在原来的地方失了意，失了意就是一种刺激，正憋着劲要长本事；有的既没有本事又不曾失意，但有的是求富贵的雄心；最末流的什么都没有，却有混生活的无限好兴致，以及同样求富贵的侥幸心理。这许多来闯深圳的人来了是要炒股、开公司、发大财，他们绝不能让人认为自己孤寒，且不说他们抛妻别子孤身在外需要一个女人身体的温暖，他们也还有一种对外表明身份和地位的需要，这情形跟必须拥有轿车和房子一样，你可以不坐这车，但你不可以没有，没有就是孤寒。在深圳，身为男人却要打的出门，是件没面子的事情。

拥有女人就像拥有房子和汽车一样，绝不是什么虚荣心，而是一种身份，是成功男人的标志。谁能说标志是虚荣呢？拥有的女人，或者说陪你吃饭的女人越年轻漂亮，气质越好、档次越高、种类越多、更换越频繁就越是成功。这点不需要谁来指明，所有的人都是这样看的，几千年来就是这样，以后还将是这样。

而女人对成功男人的环绕同样不是虚荣心，不是男人们所指责的势利眼。一个成功的男人和一个失意的男人是完全不同的，在他们身边的女人会把这种不同一下就嗅出来，并且在心里将它们放大，再在与亲密女友的窃窃私语中再一次放大，好的会更好，糟的就更糟。成功男人的从容、镇定、骄傲以及由此带来的气质不凡就像光环一样美化了他们，又像阳光，使他们的周围的空气会比较轻、比较流畅，站在他们身边的女人会因此容光焕发。这样一种成功的人被称为有福的人，福分这种东西是天之所赐，并不是人人有份的，只有少数人才有，他们由福星高照直接变成福星，谁跟着他们就会有好运气。

那些失意的男人总是心情不好，他们既尖刻又脆弱，一点也容不下成功的人，他们总是要在女人跟前骂倒别人以变得高人一头，他们怨天尤人因而心理阴暗，即使身边有女人也总是担心她们走掉，这种担心使他们患得患失、形容猥琐。一个总是失败的人被称为"衰"，在北方有一个相应的词：晦气。若是跟衰人在一起混难免不沾上衰气，处处倒霉。失意者即使在明亮的阳光下亦是灰扑扑的，失意就像一种病毒，侵入了失意者的五脏六腑，损害他们的机体，它们在体内繁殖、膨胀，逸出体外像毒雾一样缭绕不散。

失意人永远不想让人知道他的失意，他们总是把失意藏起来。起码呢，在吃晚饭的时候不要显得那么孤寒，他们虽无自己的住宅和轿车，请女人吃饭却是必需的，这使他们看起来不至于孤寒，而不孤寒就是得意的开始。两个人吃早茶又两个人吃晚饭，或者消夜，男人有机会在女人的面前高谈阔论，将不着边际的勃勃雄心变成一种虚假的自我感觉，既迷惑女人也迷惑他们自己。

这是多么壮丽的景观！无论是得意的男人还是失了意却不愿意别人知道的男人统统都要请女人吃饭。在深圳，这座充塞着玻璃和钢铁的大峡谷的都市，阳光在玻璃上变幻了颜色，装饰灯如瀑布般流泻，满街跳荡着金银铜铁的光芒，尘土的颗粒也在这光芒中熠熠生辉，变幻着橙黄、橙红、金色、黄色、白亮、红色等种种色彩，它们从容地从地面上升，升腾到空中，从容而轻盈，女人或者男人从这些光中走过，像风一样拂动这些轻如烟尘的颗粒。光尘弥漫直到深夜。

关于南红 二

一切都是从请吃饭开始的。

销售部的女孩是离老歪最近的女孩，他走进大酒店的方形旋转门就会看见她们，他走在大堂里也会看见，他走进电梯间也总是看见，他不乘电梯走楼梯也会看见一个那样的女孩噔噔地从上面步行下来，她们的高跟鞋碰在铺有地毯的楼梯上没有发出声响，噔噔噔的声音是老歪根据女孩的高跟鞋和下楼梯的步态想象出来的声音。女孩们不管在大学里多么野性不羁，走路蹦跶，来到深圳不出半个月，就会认同一种白领丽人的步态。老板或整个社会要求坐写字间的女孩穿正规的裙服和高跟鞋，于是她们一穿上这身行头就自然地挺胸收腹，把下巴收到一定的角度，把步幅调到一定的幅度并且走在一条线上，衣服（行头）确实很重要的，环境（舞台）亦很重要，女人被男人的目光训练得对衣服有了一种近似于本能的敏感，进入一套时髦裙服里马上就有了白领丽人的感觉，加之又有电视剧和周遭的榜样，她们身着行头出现在酒店的大堂、电梯、写字间里，脚后跟的声音清脆悦耳。

老歪看到那样一个白丽女孩清脆悦耳地走下楼梯，她的纤足和小腿总是最先撞入往上走的老歪的眼睛里，它们像一片繁花之中两瓣奇妙的肉色花瓣，散发着异香，闪耀着一种半明不暗类似于瓷器那样的光泽，富有弹性地从上方向他飘来，它们靠近、擦身而过、远离，那个女孩目不斜视，傲然走过。

老歪在大酒店的四层，珠宝行的销售部在五层。老歪一头走进销售部的写字间，他看到女孩们没有坐在自己的方格里，她们像首饰盒里的珠宝一样挤在一起议论一支口红的颜色，她们的长相、身高、肤色、三围各个不同，像各种珠宝的成品各有千秋。后来有女孩跟老歪打招呼，后来有女孩把各种款式的金项链、戒指、戒面、戒托的样品拿给老歪看。老歪说：我买了还不知给谁戴呢？

老歪要请众女孩吃饭。

众女孩是五个女孩。五个女孩有四个有人请了，剩下的一个就是韦南红。南红不是很年轻，也不是很漂亮，她像所有被N城的水土造就的女孩一样皮肤有点黑，鼻子有点塌，如果不是她学过两年美术打底，比较会打扮自己，会扬长避短，若是她素衣素脸行在大街上，会同深圳女子差不多。深圳是什么？不过是一个小镇，跟乡下基本上算一回事。加之岭南的水土，无论如何也养不出堪与江浙、四川、北方（湖南以北就是北方）相比的嫩皮白肤的水灵女子。但南红化了淡妆又披着长发，遮住了她由于方形而显得有些坚毅（这是一个褒扬的词，其实南红的性格中缺乏的正是毅力什么的，她经常贪图享乐，想要好吃好玩，因此她的脸型体现出来的东西也许称之为"犟"更合适）的半边脸，这是一个春末夏初的日子，在深圳，春天就是夏天，秋天也是夏天，只有冬天不是夏天。在这样一个像夏天的春天的日子里，南红穿了一件低胸紧身黑色长袖T恤，下身穿了一条暗红大花长裙，这使她看上去苗条而挺拔。下班时分的写字间又像舞台后忙碌的化妆间，女孩们纷纷打开化妆盒，对镜补妆，她们边补妆边向楼下张望，那里有各种车，从桑塔纳一直到真皮外壳的凯迪拉克，她们知道哪辆车是来接她们哪一个人的，哪些车将永远不是。有车接的女孩心里踏实，在一片踏实中她们消失不见了。

女孩们一消失似乎光线也暗了下来，光线暗了一点点就变成了黄昏，在有女孩的房间里这种暗有些暧昧和撩人，这种暗不同于一般的暗，它失去了一些光，却加进了一些浓厚的东西，像茶一样，又有点像煽情的背景音乐。总之这黄昏的光线使空气重了一点，使空气不那么空，使黄昏室内将要一起吃饭的两个人，有了一种缘分。缘分这个词就是这么好，它使再突然的事，也变得不那么突然，而是有了一种玄机，它使不自然的事，变得自然，好像原本就应该这样。在这个春天的黄昏，南红的长发半遮着脸，低胸黑色紧身T恤衫托得她的皮肤有一种釉质的光泽，在越来越暗的光线中显得神秘动人。这个阶段的南红经历过了两三个男人，她的前一个有过一段吃饭的经历（也许不仅仅是吃饭，我们无权知道这一点）的男人是一个档次很高、很有身份的人，遵循着深圳的规矩，每次陪吃饭都要给她钱或礼物，还替她买回家的机票。但南红说他年龄太大，四十多岁了，她接受不了。她见过他的妻子，气质高贵、容貌出众，看起来也很年轻。这样的妻子对丈夫的女朋友难免会产生透不过气的压迫感。我想南红很有可能就是在这份压迫感面前落荒而逃的，因为她在说起这个人以及他美貌妻子的时候有一种掩饰不住的羡慕，而不是她自己所说的接受不了。

老歪就出现在这个空当中。

他的单身和年轻以及春天的黄昏以及他的汽车种种，给这两个人带来了一点虚假的浪漫。春天的风从街上的高楼吹到这两个人的身上，他们吃早茶、吃晚饭、吃消夜，他们在这家馆子或那家馆子面对面地坐着，黄色或白色或橙色的灯光潮湿地在他们之间浮动，他们说着自己的事和别人的事，现在的事和从前的事，鸡毛蒜皮的事和重要的事。他们一不留神就陷入了打情骂俏的圈套，一打了情和骂了俏，事情顿时就变得暧昧起来，变得无法挽救、无法还原了。我觉得南红和老歪的打情骂俏就跟她在冬天里一到我家就扑到电话上说出的那些话相仿，她不顾我们五年没见面，也不管刚下飞机旅途劳顿，她冲着电话说：我不，我不，我要掌你的嘴。这样的话不停地跳出来，重重复复，真是既无聊又轻佻。

（我从来没有见过这样轻佻的南红，她在我面前虽然也说不上持重，但总不至于把自己装扮成一只没有头脑的笨鸟。或许要全面了解一个女人，就既要看她在女人面前的表现，又要看她在男人面前的做派。但后者带有私密性，你很难窥视到。回想我自己，无论是在K.D、闵文起还是在许森面前，我好像都没有撒过娇。问题是，撒娇是不是女人的天性呢？不会撒娇的女人是不是就活得很累？）

冬天里电话中的那个人是谁？南红没有告诉我。

关于南红 三

有一些款式新颖的金项链悬挂在南红和老歪之间，这些金光闪闪细软滑溜的东西本该戴在女人的颈项上，一旦绑成一把拎在手上就觉得有些别扭和吓人，是一种廉价的卖相。这就是南红的业务，南红到各地东跑西颠，就是一小把一小把地举着请别人看样品，希望买家把它们成批地买下来。一旦卖了，南红在公司里就算有了效益。南红说有了效益才能在公司站住脚，一个没有一点效益的人谁都看不起你。

有一天下午，老歪领来了一个人，这人用六万元做了南红的一单业务，买走了公司的一批金项链。这是南红做成的第一笔业务，多日来的小心翼翼、看人眼色、受人冷眼、解雇之忧因此一扫而光，六万元效益犹如一只巨大的救生圈，南红坐上去，长长地舒了一口气。既有效益，又能提成，既体面，又有利益，说起来还是南红到深圳一年多来最大的一笔收入。

南红欢天喜地请老歪吃饭，脸上发着光，在公司里低价买下的一粒水钻像真正的钻石一样在这个晚上璀璨无比，它紧贴在南红晒得有些发红的胸脯上，它在那里闪闪发亮，夺人眼目地将男人的眼睛牵引到女人的前胸，即使是眼睛很老实的男人在望到女人胸前晶亮的坠饰时也会顺便看到坠饰下方隐约的乳沟。

这个夜晚是一个必然的夜晚，这个夜晚是经历了早茶和晚饭、经历了效益的重要铺垫才来到的，这个夜晚的结局是老歪把南红送回了她的房间，一直到第二天才出来。在这个夜晚开始的时候，老歪第一次用手碰南红就是以坠饰为借口，他说让我看看你戴的这粒钻石，真漂亮！他把手停在南红的胸口上，又问：这是谁给你买的？

南红这时候已经知道了她刚刚得到的效益实际上是老歪送给她的。六万元中有三万是老歪炒股的收入，他借给那个想做点生意的年轻人，等人家把货全部出手才把钱还给他。南红想着六万元的效益，一时有些麻木，没有及时动手把老歪的手打下来，老歪又说：让我摸摸你的心跳不跳。南红这才发现危险就在眼前，她清醒过来刚刚说出：掌你！这边已被老歪一把抱住。

这种搂抱一下就把两个人精神和肌肉的紧张化解了，速度比阳光化冰还要快。南红在老歪的怀里瘫软无力，她闭着眼任那只手像搅动河水那样搅动她，在这种搅动中她一滴一滴地变成了水，散发着海底动物的气味，她潮湿的身体被对方所包容，这个女人在发出呻吟的时候在心里说：这种事情真是舒服啊！

室内

在我和闵文起的夫妻生活中，好像从未有过这样的快感，高潮就更谈不上。他身体好，欲望旺盛，每星期如果不来上一次就会脾气暴躁，无缘无故发火骂人，往往是做爱之后他的性情就跟他的生殖器一样变得软和起来，让他帮忙做点家务也比较容易，什么话都能说得通。这使我觉得男人真是一种奇怪的人类，非要发泄才能心里舒服。

我不知道一星期一次对一个四十多岁的男人来说算不算性欲旺盛，也许这种频率只能算得上正常，我明目张胆地归之为"旺盛"，没准会笑掉不少人的大牙。我的依据仅仅是一次同事的聚会，清一色的五个女人，年龄在三十岁至四十岁之间，各有五年至十年的婚龄，谈到性的问题，大家纷纷供认，每月一次，无一人例外。稍后大家想起来，座中最漂亮丰满的女同事有一个公开的情人，于是又重新甄别，认定她不止一个月一次，她低头默认，大家也就善意一笑，结束该话题。我从来没有过青春年少水乳交融的婚姻性生活，我不知道如果有，情况是不是好得多。与闵文起越到后来越像一种刑罚而不是什么"做爱"，做爱这个词确实是令人产生美妙的遐想，一些文学书籍和电影使我在很长时间中对性有一种美好的期待，我想象海浪覆盖自己的全身，它们覆盖又退去，像巨大的嘴唇在游动。我看见自己娇小的乳房瞬间丰隆起来，形状姣好，富有弹性，金黄色的光泽在流溢、闪动，顶端的颗粒敏感而坚挺。身体的每一处凸起与凹陷，都像花朵或海浪的律动，它们的韵律是不可遏止的喘息，一直深入到身体深处，从深处再颤动到肢体的末端。有鸣禽在两乳及腹部的下方鸣叫，它们的鸣叫传遍全身，比纯金明亮，比阳光更热烈。

在事实中，有一种东西总是要取代海浪，那就是：沙粒。它们隐藏在一个体重一百多斤的男人的身体里，由于没有丝毫的快感，一百多斤就像是五百斤那么重，这可怕的重量使滞涩的身体更加滞涩，没有任何润滑的液体，那种干硬的摩擦带来的疼就像眼睛里进了沙子，而且比这更难受。眼睛里进了沙子是一件可以自己控制的事情，只要把眼睛闭上不动，马上就不疼了，或者眨几下眼睛，让泪水把沙子冲到眼角。但是房事的疼痛却要对方停止动作才能止住，而且这个对方很可能正是要听到女人喊疼才能更有快感，喊得越厉害就越刺激，在被刺激起来的冲动中变得更加狂暴、更加猛烈，更加不管不顾。

闵文起就是这样一个人。

每次在黑夜中，我睁眼看着自己上方的这个男人，他变形的面容、丑陋的动作、压在我身上的重量，这一切都使我想起兽类。所以我总不愿意开灯，亮光会把这些使我不适的形象变得清晰、逼真，甚至放大和变形。如果黑暗中有一只手突然拉亮灯，恐怖就会在瞬间到来。

有一个春末的夜晚，闵文起的身体在黑暗中模糊地晃动，我睁着眼睛看墙上挂的一个镜框，那里面镶着一幅摄影作品，上面是一只玻璃瓶子和一枝百合花，当然在黑暗中看不清它们，我只看到微弱的光使它浮现的轮廓和阴影，这是结婚的时候别人送的，一直挂在我们的床的上方。我注视它是因为我没有别的东西可以看，卧室非常小，只放得下一张大床和床头柜，结婚很匆忙，闵文起是二婚，我当时已经过了三十岁，觉得自己很老了，而且对爱情没有什么信心，只急于摆脱旧的环境。N城使我腻味透了，我当时借调到市里一家文学杂志社帮忙，单位让我赶快调走，并且把我的宿舍分给了一位新来的、据说是有些背景的大学生，走投无路之时，一位好心的老师把我介绍给闵文起，他当时还在部队搞宣传，说是通过部队到北京很容易，我看闵文起长得还可以，有点文人气质，聊起来也懂点文学，还写过诗，于是我认为，他是我所能找得到的最合适的丈夫了。

我躺在床上，在闵文起的身体下面。有时候不太疼，这往往是工作不太累，家务也不太多的时候。这时候我身体的各种感觉就会分离，肌肉承受着重量的冲撞和挤压，眼睛却在卧室的四处漫游。卧室一览无余，在白天看来枯燥乏味，就像我的婚姻生活本身。但在有些晚上，我会忽然有耐心看墙上镜框的阴影，看拉开的窗帘团在一边的皱褶，那上面浅驼色的底和深色的图案在微弱的光线和皱褶中以一种白天所不同的姿势出现。闵文起同意我不拉灯，但他说必须把窗帘拉开，不然一点都看不见，这也正是我的想法，完全的黑暗是枯燥的，同时也是令人绝望的。拉窗帘的往往是我，我喜欢窗帘这样一种事物，喜欢它的功用和形式，它的质地和图案，我把它看成是生活中剩下的最后一点美的东西。

窗口进来的微光使室内有了层次，出现了浅灰、深灰、浅黑、浓黑的各种色块。在我三十岁前的那些独身岁月，我有许多失眠的夜晚，长期以来我的眼睛习惯了这种充盈着微光的黑暗，我跟房间中这些层次丰富的阴影有着一种从以往的生活中延续下来的和谐，这点和谐在所有的冲突中使我得到一丝松弛，但它像一滴水一样，实在太微小了。

有些夜晚，月亮正好就在窗前，只要它出现在这样的位置，通常都是满月或者是大半个圆。这时候室内的一切就会因为月光的直接进入而非同寻常。月光在这样的夜晚布满了大半个房间，它的幽深、细腻、冰冷和华美对我有一种震撼，我们的窗台一直放着一盆文竹，闵文起每每用残茶浇灌，每年冬天剪枝，因而长得异常繁茂，它细长曲折的枝条缠满了整个窗子。月光透过文竹进入室内，明亮的月光中便有着无数奇怪而散乱的阴影。在月光直接照射的界面上，一切都很清楚，墙上镜框的百合花呈现一种浅灰的颜色，月光特殊的质地进入花瓣之中，使它看起来像一种名贵的品种。窗帘的质地也在月光下不动声色地改变了，变得厚而轻，细腻而柔软，不像凡俗人家的窗帘，倒像是某部超现实的电影中纯审美的遗世独立的帷幔，脱离了一切背景，只有它自身垂立于月光中。有时候我想，所有的事物都具有多重性，它们被隐藏起来，只有在特定的时候才会泄露一二，正如平板无味的房间里本来一览无余，但是层层阴影和神奇的变化就隐藏在同样的空气中，在月光照临的夜晚瞬间呈现。

这样的夜晚在我五年的婚姻生活中屈指可数，我躺在月光照耀的床上，从窗外的月亮追索到窗帘、墙上镜框里灰色的花朵，一直追索到床上笼罩在月光中的我自己。有时我像那些窗帘和镜框一样，在月光的照彻下消失了日常性，浮想联翩，以为自己一觉睡醒会变得光彩照人、才华非凡，我竭尽虚荣地想象，幻想自己能够以新鲜的面目和成功出现在阳光下。

这些空想的陋习本不该出现在我这样年龄的女人身上，无论在N城还是在《环境时报》，周围的同龄人无一不是在脚踏实地地上班、买菜、做饭、带孩子，只有少数具有浪漫气质的例外。但是浪漫在这个年龄的女人身上出现总会让人感到滑稽。年龄越大越滑稽，它没办法变得可爱，内心的感受与外在的形态常常相去甚远，任何羞怯的神情憧憬的微笑都会使人看起来不合时宜，像神经病。时间（年龄）确实是一个绝对数，酒酿的时间长了就会变酸，女人过了年龄还浪漫兮兮的就会变为笑柄。这个道理我从别人身上已经明白了。

虽然我的空想比月光照到床上的时间还要少，但由空想而派生的失望却无所不在，像灰尘一样粘在生活中，你得到的一切都不是你所期望的，而这得到的东西还把你搞得精疲力竭，蓬头垢面，面容憔悴，缺乏性欲。

那个晚上空气湿重发闷，身体所有器官都比平时重，皮肤和四肢也有疲惫感。春天总是这样让人心烦。我觉得心里有一团火在左右蹿动，很想找到一个出口把它释放出来。现在回想起来，这股无名之火已经积存很久了。我躺在床上，窗帘在两边垂立，天光极其微弱，窗口外面的天是一种跟室内的黑暗没有太大区别的深灰色，两边的窗帘跟室内的墙融为一体，墙上的镜框有一点极其微弱的反光，这点反光使这一小块方形物有了一个模糊的暗影。我躺在床上，闵文起覆盖在我的身上，此外还盖着一床被子，闵文起身上的气味特别浓，有一种雄性的感觉，在各种报纸的百科文摘版上常常可以看到男性身上的气味对女性有很大好处的报道，比如说可以使痛经不痛，心烦不烦，还能美容什么的，我对此半信半疑。但我对闵文起身上的气味并不反感，那是一种烟草和面包的混合气味，有时还会有一点较淡的香皂混合其中，使整个气味变得干净而健康。

但是春天的晚上却不一样，天气闷热，他一运动身体就出汗，贴着我的皮肤湿腻腻的，我从心理到生理都反感极了，我本来就毫无快感，根本进入不了那种忘乎所以的境界。在闵文起富有节奏的动作中，我感到他的身体化为了一种流体，又黏又稠，散发着混合的热气，它们像被大风吹送的浪头，一阵紧似一阵地拍打到我裸露的身体上，而我十分清醒，我觉得闵文起的全身变成流体只有那一小截还停留在坚硬的固体状态，这真是一件怪怪的事情。但是这种由联想产生的新奇感在一分钟内就消失了，因为他的汗滴到了我的身体上，汗这种东西跟任何体液一样，比如口水、尿液，当它们在自己体内的时候总是干净的，一旦脱离了身体立马就变得肮脏了，而别人的体液就更是十倍的肮脏。由汗我重新发现了闵文起的身体是一种异己的东西，无法与我融为一体，在这个时刻我感到了他的重量，这重量在我感到它的时候开始迅速增加，我觉得身上并不是什么流体，而是湿淋淋的生铁（一点点空气的流动就能把汗迅速变得冰凉），湿度加强了它的粗糙度，磨蹭在身上越来越不舒服，我奇怪闵文起才一百四十多斤，怎么像有二百斤。我问他：好了没有？他说：再等一会儿。我只好忍着，但内心充满了厌恶。

我没有听到雷声，但我看到窗口有隐隐的白光在闪动，它们连续闪几下，间歇片刻，又连闪几下，在闪动的时刻窗口呈现一片比黎明的鱼肚白还要亮一些的光，它虽然比那种撕裂天空发出惊雷的闪电柔和无数倍,但还是直接照亮了我们的房间和大床,我在一瞬间看见了在我身体上方的闵文起的脸,这张脸因五官错位而狰狞至极,既陌生又丑恶,跟他平日判若两人。我一下觉得身上这个龇牙咧嘴的人是一个从未认识的陌生人,是一头陌生的野兽,而他在这个时候猛烈加重的喘息声恰到好处地加强了我关于兽类的错觉,他那么长时间地压着我,我全身的肌肉和骨头都发酸了还不放开,我觉得再这样下去我就要死掉了。

我开始推他,但推不动,他反而更加猛烈地撞击我,这时他的身体变成了野兽和铁的混合物,一下一下地砸在我身上。这个顾不上理睬我的人(或兽)开始发出一种难听之极的非人的声音,他头上的汗有一滴滴到我的眼睛里,一滴滴到我的嘴里,我既恶心又难受,我闭着眼睛,用尽全身的力气,一下把这个身体掀下去了。

我立刻舒服多了。

我盖好棉被,柔软的被子和我的肌肤相贴,一阵轻松感从我的内心深处涌上来,我闭上眼睛,深深地呼了一口气,这时我才感到有点异样,我扭头看了看,没有看到闵文起。我连忙探起身子,结果看到他正从地上爬起来。他光着身子站立在床边说:真有你这样做老婆的!我一时十分歉疚,我说:我的确不是故意的。我又说:你快穿上衣服吧。

他不吭声，坐在搁衣服的椅子上点着烟，一口一口地抽。抽完这支烟后就抱起他的被子到客厅去了。

在我们的生活中，那是一个关键的夜晚，在那之后，我们的关系就越来越淡化了。他不是一个性虐待者，也不是一个打老婆的男人，对家庭有责任感。我不知道问题出在哪里。

我没有时间和精力来想这个问题，我累极了，第二天还要上班，我等了一会儿，闵文起没有回到床上来，我上厕所路过客厅时看到他缩在沙发上，看样子不打算过来了。我全身松弛，困倦无比，睡着之前的最后一个念头是：一切等明天再说吧。

现在当我回望离婚前的那半年时间，看到的根本不是我们之间的强烈冲突、关系恶化的具体细节，比如说经常砸碎的杯子、恶言相向、歇斯底里、对他人的无尽的诉说、家里的混乱和肮脏、猜疑、仇恨等等，这一切都没有发生。我看到的是一大片忙碌、琐碎、疲惫的日子，它们千篇一律地覆盖着那段时间，一层又一层，不可阻挡地，像时间本身如期而至，这样的日子结结实实地堵住了一切，在偶尔的空隙中，我才能看到我和闵文起之间越来越淡的关系，我看到的是一出乏味的婚姻戏剧，男女主角像机器人一样干着永远也干不完的家务活，然后各自坐下来喘气，他们累得不想说话，连互相望一眼的欲望都没有。为什么会这样？是女主角体质不好，积劳太甚？还是男主角有了一个第三者。没有人能够知道。我们听到的背景音响是永不停歇的电钻和电锤，它们尖厉的啸叫无所不在。

这样的场面亦是一场乏味冗长的梦，它缺乏新意地降临在这个夜晚，它像一个不知疲倦的人，从夜晚走到白天，直接变成生活本身。

关于南红　四

老歪和老C，我都没有见过他们本人，但现在通过南红的故事，他们的身影开始在这间屋子里走动，窗外的菜地有时凭空就会变成大酒店的玻璃山，变成大堂里富丽堂皇的枝状大吊灯，铺着地毯的电梯间，寂静中忽然走下某位小姐的楼梯，珠宝行的销售部写字间，以及南红的员工宿舍，那个她搬到赤尾村之前住的小房间。

我麻木的知觉和想象力在南红的故事中逐渐恢复。我看到了他们的调情、做爱、互相利用和抛弃、伤心、创痛，老歪是如何终结的，老C又是如何出现的，或者老C在老歪之前出现，老歪在老C之后终止，这些秩序和来龙去脉我一直弄不大清楚，在南红颠倒、混乱和破碎的叙述中，我缺乏一种把它们——理清的能力。或许只有南红一个人才能把它们搞清楚，或许连南红本人也不能把它们说清楚。

在南红的哭声中我想起，老歪是在一个夜晚消失的，他在长途电话线的另一头消失，南红以为电话线的另一头是南昌，但老歪却告诉她是北京，他将从那里出境前往法国，他姐姐已经为他联系好了一家商学院，他将在那里念三年书。

南红第一次听说这个事情，老歪从深圳走的时候告诉她他要回南昌看母亲，半个月就回来。南红完全没有思想准备，这事像晴天霹雳把她击昏了，她说她当时对着电话又哭又笑，老歪反反复复说着几句话，我对不起你，你把我忘了吧。这两句台词无比乏味，像习以为常的杂草遍布在一切又长又臭的爱情电视连续剧中，但是南红的哭泣使它们惊心动魄。它们以往出现在我眼前的时候犹如一些纸做的花草，南红的哭泣把悲痛灌注进去，乏味的台词顿时变得柔肠寸断。南红说着老歪说的这两句话：我对不起你，你把我忘了吧。她的声音嘶哑碎裂，使这两句话颤抖不已，它们完全变了样子，像刀一样割破了南红的心，鲜血滴在每一个音节中，使这两句乏味的台词模糊而狰狞。

在整整三个小时的长途电话里，南红哭了又哭，老歪的两句乏味的话重复了无数遍。老歪的衣服，就在她的房间里，老歪的领带，正挂在她的衣橱里。还有他的一只形状像枪一样的打火机，还有一双他不常穿的白色的皮鞋。它们全都变得孤零零。一次又一次，老歪从这些东西中脱落出来，他的身体到达她的上方，他的脸也到达她的上方。他的皮肤贴到了她的皮肤上。他的身体进入到她的身体里。但是他的台词只有两句，像两句咒语，它一出现，在她的上方的老歪的脸就消失了，而他的身体还在她的身上。她在这种情形的持续中痛哭。然后台词再次出现，他的身体消失了，他的脸还悬在她的上方，他面无表情地悬挂着，他的一只手，不知从哪里游来，拉黑了房间的灯。只有南红的哭声，在黑暗里漂浮。

只有南红才知道，她为什么会对着电话哭三个小时，我们全都知道，深圳是一个最没长性的地方，人像风中的树叶一样飘来飘去，今天在这里，明天又到了那里，很少有人会长久地停留在一个地方。一个男人和一个女人也是这样，今天他们碰到了，明天他们在一起做爱，到后天他们中的一个又到哪里去了呢？

有一个秘密，隐藏在南红的哭声中，她的三个小时的啜泣勾勒出了这个秘密的轮廓，那是一个很小的没有成形的胎儿，像一瓣豆芽的芽瓣，它十分小，隐藏在南红的身体中，谁也看不见它。但它有灵魂，凡是在神圣的子宫里存在过的事物都拥有灵魂。失去了肉体的灵魂有时在云朵里，有时在流水里，从水龙头里就会哗哗地跑出来，在炖汤的时候，一点火，从火里就会出来。在私人诊所的那个铺着普通床单的斜形产床上，如果有谁以为，随着某件陌生的器械伸入两腿之间，随着一阵永生难忘的疼痛，那个东西就会永远消失，那就是大大地错了。

南红自己回家，自己躺在床上，她睡醒一觉就看到了它在那里，在她对着的天花板上，浅灰的颜色，雾一样的脸，只有脸，没有别的。那张脸像她自己小时候的一张相片，她十岁以前跟祖母住在一个村子里，三岁的时候由在N城工作的父亲领到镇子上照了一张相。她一眼就认出了它。

她不知道它从什么时候跟她回来了，并且那么准确地悬挂在她的床铺的上方，看到它她就想起了她小时候住了十年的那个小村子，那些关于鬼魂的传说像瘴气一样缭绕在这个村子里，几乎每个人都见过鬼，祖母讲起她亲眼看见的鬼的故事活灵活现，它们隐藏在祖母的黑色大襟衫里，在夏天的风中隐隐飘动。

我相信南红确实看见了它，在赤尾村的屋子里有时也能看见。在她的头发没有长长的时候她躺在床上，她有时说它在窗口，有时说它在天花板上。

但我从来没有看见过它。

小人形

我是否看见过那个从我的身体里分离出来的、酷似我小时候样子的小人儿？我知道它从来就没有成为过一个小人，它只是一粒胚胎，它的人形只是我的猜想。我以为它早就消失在N城了。自从扣扣出生，我就再也没有想到过它。

前不久我在街上乱走，阳光很好的大白天，跟鬼没有什么联系。我走到南国影联门口，一到S城我就听说这是一个妓女的集散地，外地人来看电影，她们就从陪看做起，陪看是附带的生意，上床是正经的生意。我跟所有从内地来的文化人一样对南方的妓女怀有一点好奇心，刚来的时候有人告诉过我，在夜晚的大宾馆或舞厅、迪厅门口走来走去的那些浓妆艳抹的年轻女子十有八九都是，如果穿着皮短裙，那就百分之百是了。但我总是觉得没有看到她们。在我缺乏经验的观察中，每一个人都像，同时每一个人又都不像。南国影联门口有一些女人在徜徉，妆也不是那么的浓，裙子也不见得怎么样超短，我看看她们，她们也看看我。

不知道那个泰国老女人是什么时候出现在我身后的，当我走进国贸大厦的阴影时，身上的凉爽使我的感觉神经重新敏锐起来。

我意识到有人在背后看我。

我回过头，看到了那个泰国老女人。

其实我并不知道她的国籍，她肤色浅棕，额头高而窄，眼窝深陷，如果她的鼻梁比较高的话我就会认为她是印度女人。听说北京的某些大宾馆曾经请过算命的印度女人坐堂，用来招徕生意。

所以看到这个女人我一点都不吃惊。

她的眼神很特别,既冷漠又歹毒,她的身上散发着一种石头一样坚硬而冰冷的气息,这些冷气浓密地笼罩着她,把她与这个繁华的、炎热的城市隔开。她既是石头又是一团冷气,这个城市的繁华与酷热一点都侵入不了她,她穿着厚而结实的裙服,镇定自若,她站在阳光中就像站在树林浓密的阴影下。我知道我碰到了一个真正的女巫,她随时随地将千里之外的阴凉召唤到自己身上,这种召唤不动声色,只有另一个女巫才能看到那些凉气像一些隐形的绿色树叶一片一片地飞落到她的头发里、衣服的皱褶里以及堆积在她的脚下。

我们相距有两三米远。我感到凉气从她身上发散出来,把我们环绕其中,身边不远的车流、行人、大厦迅速变得虚幻起来,我听不到它们喧闹的声音,我跟泰国女人之间有一种奇怪的安静。

你身上有两条阴影。泰国女人说。

我不明白她的意思。我思忖她是不是指光线作用下的阴影。

是两个阴魂。她不动声色地说,你以前曾经堕过两次胎。

这句话就像一道冰冷的闪电劈着了我,一股冷气从后脑勺直灌下来,瞬间抵达我的骨骼和血液。那个N城公园的夜晚、草地上的湿润、薄荷和栀子花混合的气息以及K.D的脸庞全都像乌云一样浓缩在我的头顶,那些我以为早就忘却的瞬间,像雨滴一样猝不及防地滴落下来，携带着使人疼痛的力量，一直打落到我身体的最里面。

街头的阳光明亮而耀眼，那个泰国女人已不见踪影。

我有好一会儿站着没动，我担心我一走动那个附在我身上的小阴魂就会叫唤起来。我用手抚摸自己的腰间，那里很空，什么都没有，我明白那自然是什么都摸不着的。我又壮着胆低头看了一圈，我的浅色T恤和白裤子一览无余。

想起一个人

我开始慢慢走着。不知道自己要去哪里，也不知道自己事实上走过了哪些地方。在深圳密集的玻璃山般的高厦间，N城的青草像乌云一样在阳光下弥漫，它们从高楼之间、马路上、窗口那些密封的窄缝中生长出来，遮住了汽车、人流和大楼。K.D的声音从青草的草尖上碰到我的耳垂，青草在我的身体下面，他的脸在我的上方。他的身体瘦高硬，就像多年以后流行的那本美国畅销书里描述的男主人公。当然他比那人要年轻。

他奇迹般地出现在N城，又在一夜之间消失，混合着二十世纪八十年代末的激情和浪漫，只来得及像大火一样燃烧。二十世纪八十年代的最后一年春天的夜晚，他突然从北京来了，他说我不知道你在这片楼群中的哪一幢楼，我从住的地方步行来，摸黑走了很久，能找着你真是一个奇迹。他穿着黑色的夹克，寒冷的气息从他的头发冒出来。他站在门外，我吃惊得一句话都说不出来。他说：我真的把你找着了。

我吃惊的还有那天正好是我的生日，我一个人寂寞无比，他真的像是从天上掉下来的，从北京那么远的天掉到N城。我们互相吃惊着相拥在一起。我确信，那个小小的阴魂就是在这个夜晚产生的，它在诞生之中看到了我们，看到了他，他的影子投射在我的蓝色窗帘上，我打扮成一个远离人间的女人让他给我拍照，那些照片美丽无比，完全不像我本人。它们停留在N城的那个夜晚，每一张都闪闪发光。K.D他赤身裸体的样子也停留在那个夜晚，我当时没有看清他，他脊背光滑的质感停留在我的手指上。一个结实、光滑的男性裸体是我事隔多年之后才分离出来的形象，他瘦削、完美，远离了当时的他自己，像现代舞中穿着肉色紧身衣的舞者，伸展着有力量而又有效地控制着的肢体。在我的回望中，背景总是一片黑暗，黑暗使我无法分清到底是N城我的房间还是舞台，我的米白色的藤椅有时在黑暗中孤零零地浮现，有一束光，不知从什么方向照下来，紧紧地追随他缓慢的动作。白色的光芒使他的身体有些微微发蓝。

这些场面使我忧郁，心痛，在心痛中又感到一种美。但它跟事实毫无联系，我不知道为什么会在深圳的街头看见这些。K.D

在凌晨五点离开，我们下了楼才发现地上全是湿的，天上下着毛毛小雨，空气潮湿而寒冷。我送他走过了半个N城，丝一样细的雨在他的头发上蒙上了一层，这就是我最后看见他的样子。那是一个非常的年份，六月初的时候我收到了他从上海虹桥机场发来的信，信上说他过一会儿就要飞往美国了，不知什么时候才能回来。又过了半年，我收到了从N城的原单位转来的K.D的圣诞卡，说他在夏威夷，他想念我，希望我给他寄一张那个晚上的照片。

我没有寄。他从此音讯全无。

我独自到医院做了人流。南红照顾了我几天。秋天的时候闵文起到N城出差，那时他已经离婚三年，他一看到我就很喜欢，他说通过部队这条线把户口转到北京很容易。当时我对爱情和婚姻幸福已不抱任何希望，觉得跟谁结婚都一样，而且N城已经使我十分厌倦了。我不假思考就作出了决定。

多年来我一直没有想过这些事情的前因后果，繁忙而混乱的生活和工作把一切记忆全都磨损了。现在生活突然中断，眼前的东西一下全部退去，埋藏在生活里的根部裸露出来，我清楚地看到，在这些奇怪地扭曲着的根部上面生长着的果实就是那个孩子的灵魂。它本来隐匿在我的腰间，泰国女人的话就像一道魔法，把它释放出来，悬挂在我的面前。

（三）

有关的词：做掉、人工流产、堕胎

在南红支离破碎的故事中，她经常说到的两句话是："不能总是去做掉"，"想不到放环也会大出血"。还有一句她说了一次就不说了，她大出血后不到一个月史红星就要与她同床，结果感染上了盆腔炎，疼得连路都走不了。

"做掉"，它听起来没有"堕胎"那么可怕，在我们的意识中，"堕胎"是一个与罪恶、通奸、乱伦等可怕的事情联系在一起的词，它总是被宗教和道德这样巨大的嘴所吐出，这两张嘴同时又是两只巨手，它们一个接一个抛出"堕胎"的铁环，嗖嗖地套在步履蹒跚的女人身上，这些女人身上有着尚未成形的胎儿，无论她们的身份高贵还是卑贱，一旦被铁环套住就扑扑倒地，她们再次站起来的时候将不再是原来的那个人，她们的步态和面容将发生根本的改变，这种改变绝大部分人看不见，但她们身体深处的那道伤痕直到她们死去还将留存下来。

"人工流产"是一个公开、合法、带有科学性的中性词，它具有通体的光明和亮度，丝毫不带私密性，与罪恶更是无关。在办公室、公共汽车站、菜市等公共场所，这个词都可能流畅而响亮地划过，而且由于计划生育的基本国策，它在我们的生活中堆积如山，成为居委会、街道办事处、区政府等各级机构衡量一项任务指标的内容。由于它被使用的频率太高，而被简化为"人流"，人流其实是一种阴性的风，它掠过每一个女人的身上，却永远触碰不到任何一个男人。

巫器与刑具

那些器械闪闪发光，寒冷而锐利。它们奇形怪状，从来没有在别的地方出现过，它们的弯度、刃尖、齿痕所呈现的非日常性使它们具有深不可测的复杂色彩，巫器的神秘、刑具的决绝、祭器的神圣不可抗拒，以及它们作为手术器械的尊严，这些品质中的任何一种都会使我们不寒而栗。当它们聚合在一起，那种寒冷绝非简单的叠加，而是一种魔法般的质变，变成刀刃之上的刀刃，寒光之上的寒光。我们惊弓之鸟般的身体即使背对它们，也会感到它蓝色的火苗吱吱作响。

我们遭受白眼，白眼也是刀刃，它们在空中掠来掠去，我们尚未到达医院就能感到它们，从大门到门诊挂号处，到妇科的候诊室。妇科这两个字也是某一种形式的白眼，它只能使四十岁以上的女人感到亲切，却使二十多岁的未婚者感到无地自容。这是一个男女之事的后果必然到达的地方,这个地方一逆推就会推到性事,凡是需要遮掩的私密的事物到了这里都被袒露无遗。初潮的年龄、经期的长短和数量,人流史、生育史、婚史等等,一点都没有办法隐瞒。我们完全丧失了意志,下意识答出真实的情况,我们说出未婚,这本是首先需要隐瞒的事实,但我们不说她们也会知道,她们一看就会知道,一摸就会知道,而且这事即使从逻辑上也能推出,既然结了婚又从未生育过为什么还要打胎呢?她们既不接受终身不育者又不尊重别人。就这样,未婚这个事实从里到外掠夺了我们的力量,我们心虚腿软,目光游移,穿着白大褂的女人全都是巫婆一般的明眼人,明眼人一眼就把我们打入了另册。

这个人冷冰冰地坐在我们的对面,白色的大褂跟巨大的眼白的确是同一种事物,黑色的瞳孔在眼白之上,从那里透出审判的严威和巫婆的狠毒。如果我们吓得一哆嗦之后如实道出我们尚未结婚就已经做过一次或两次人流,这已经是第二次或第三次,白色的巫婆就会说,你是只图快活不要命了。

然后我们怀着绝望进入人工流产手术室,这是如此孤独的时刻,如果有人陪我们来,她们将留在门外,如果我们独自前往,每接近手术台一步就多一层孤独。与世隔绝,不得援救,耳边只有一种类似于掉进深渊的呼啸声。在四周冷寂的敌意中听到一句像金属一样硬的命令：把裤子脱了！全都脱掉，没有羞怯和迟疑的时间，来到这里就意味着像牲口一样被呵斥和驱赶，把自尊和身体统统交出。"把裤子脱掉"这句话所造成的心理打击跟被强奸的现场感受相去不远，在手术器械之前就先碰疼了我们，或者说这句话正是手术器械的先期延伸，是刑具落下之前一刻的预备命令。

然后我们赤裸下身。这是一个只有我们自己一个人时才能坦然的姿势，即使是面对丈夫或情人，赤裸下身走动的姿势也会因其不雅、难看而使我们倍感压力。在这间陌生、冰冷、白色、异己的房子里，我们下身赤裸，从脚底板直到腹部、膝盖、大腿、臀部等全都暴露在光线中，十分细微的风从四处拥贴到我们裸露的皮肤上，下体各个部位凉飕飕的感觉使我们再一次惊觉到它们的裸露，这次惊觉是进一步的确证，它摧毁了我们的最后一点幻想。

我们的脑子一片空白，命令的声音像铁一样揳入我们的意识，我们按照命令躺到了产床上，这是一个完全放弃了想法、听天由命的姿势。我们像祭品一样把自己放到了祭坛上，等待着一种茫然的牺牲。那个指令从天而降，它不像从一个女人的嘴里发出、没有声源，声音隐匿在这间屋子的每一个空气分子里，它们聚集在上方，像天一样压下来。这个声音说：

把两腿叉开！

如同一个打算强暴的男人，举着刀，说出同一句话。这使我们产生了错觉，以为这个女人在这一瞬间变成了男人。"把两腿叉开"，这是一个最后的姿势，这个姿势令我们绝望和恐惧，任何时候这个姿势都会使我们恐惧。那个使我们成为女人的隐秘之处是我们终其一生都要特别保护的地方，贞操和健康的双重需要总是使我们本能地夹住双腿。但现在我们仰面躺着，叉开了腿，下体的开口敞开着，那里的肌肤最敏感，同样的空气和风，一下感到比别处更凉，这种冰凉加倍地提醒我们下体开口处空空荡荡一无遮拦，有一种悬空之感。

但对于那个将要动手的人来说天然的开口还不够大，有一种器械，专门用来撑开子宫颈，是一种像弹弓一样的东西。另有一种细而长的器具，用来伸入子宫弄掉里面的胚胎，这个过程妇科称为"刮宫"，我想那细长闪亮的钢条也许就是叫作"宫刮"。宫颈撑触碰到皮肤的时候我们以为开始刮宫了，肌肉紧张，骤然收缩，在僵硬的同时一层鸡皮疙瘩从私处迅速蔓延到大腿、膝盖和脚背，我们神经的高度紧张使这触碰变形为一种疼痛，也许只是由于宫颈从未被器具碰过而有一点异样的微疼，但我们禁不住呻吟一声，仿佛疼痛难忍。

真正的疼痛马上就到来了。

那根细长坚硬冰冷的钢条（或者叫宫刮）从下部的开口处进入我们的身体，它虽然只进入我们的子宫却像进入了我们的五脏六腑，抑或是子宫在这个时候就变作了我们的五脏六腑。它在我们身体的深处运动，用它铁的质地强制我们的肉体，将紧贴在子宫内壁的胚胎剥离开。那是一种比刀割的疼痛还要难受十倍的痛，没有身受的人永远无法知道。虽然它痛在局部却比任何一种痛都要迅速地涨遍全身，在传递的过程中又加强了痛感，每一个细胞的痛都真实而直接，仿佛那个宫刮巨大的刀锋（我从来没有搞清楚它是否有刀刃）直接刮在每一寸皮肤和内脏上，而不只是刮在子宫里。这种痛使我们感到一秒钟就无比漫长，五分钟就如同五十年。我们在此前听到的有关经验全都是不准确的，做过的人说这只不过是一个小手术，五分钟就能解决问题，甚至都不需要麻药，因为简直就不疼，最多跟来月经时肚子疼差不多，还说现在有一种新的办法，用电吸一下就出来的。

我们痛得冷汗直冒，全身瘫软，眼前发黑，我们的子宫从未受过损伤，现在有一个铁的东西要把吸在上面的胚胎生剥下来，就像有人要把我们的五脏六腑硬扯出来一样。这跟断指之痛的单纯和明亮完全不同，那是一种闷痛，是痛的噪音，黑暗的痛，是碎裂和放射的同时又是凝聚和胶着的痛，是一种刺眼的泛光，没有方向却又强劲无比的风，它使人无法叫喊只能呻吟。这种痛的难耐使我们怀念另一种痛，那种在皮肤表面割一刀的痛，被开水烫伤被火烧伤的痛，它们火辣辣的痛像晴朗的天空一样透明，像鸽哨的鸣叫那样确定和易于捕捉，像晴天霹雳那样令人震惊却比噪音容易接受，在我们好了伤疤忘了痛的记忆中，它甚至灿烂无比，它的亮光被混浊晦暗的闷痛衬托得无比真实。

我们后悔听信了别人，如果没有相反的心理期待疼痛肯定能减弱一些，我们的心理脆弱而敏感，瞬间就能放大或缩小生理上的感受。那些别人不是道听途说者就是已经生育过的女人，而与我们境遇相同者的经验永远深藏不露，真相连同经验一起被遮盖。

没有人能将真相告诉我们。

过去 一

在二十世纪八十年代的N城，人工流产是韦南红成为我的朋友的一个契机。但做人流的是我，而不是南红。那时候她刚刚跟一个本学院的青年教师好，那人是颜海天的同事，也是画画的，但才气不如颜海天。颜对南红没有感觉，这是很久以后他告诉我的，他跟南红的关系一直平平。与南红好了一年的那个谁，现在我已经记不住名字了，好像叫什么军，建军或小军，但这关系不大。他在南红心里没有留下太深的痕迹，我也只见过他一次，那时候南红跟他已经讲清楚，不存在什么特定的关系了，但他们还像朋友一样来往，没有人呼天抢地，悲伤欲绝。

对比起来，我有时会为自己感情的古典而不解，爱一次就会憔悴，再爱一次就会死。我只比南红大五岁，却像大了整整一个世纪。真是匪夷所思。

还是回到人工流产这个话题上，这是几个重要的话题之一。

当时我的母亲尚未到N城，所以我在这个城市可以说是举目无亲。举目无亲这个词一点也没给我造成孤苦伶仃的感觉，这事有点奇怪，我好像从小就喜欢举目无亲，中学读书的时候离家只有五分钟的步行路程，我还是执意要住校，每周只回家一次。上大学的时候过春节也不回家，留在学校天天睡懒觉，心里十分舒服。因此在N城的十年时间里举目无亲正好使我如鱼得水。我一向觉得，在一切社会关系中，亲戚是最无聊的一种，凭着莫名其妙不知有无的血缘或亲缘关系，一些毫不相干的人就跟你有了干系。你跟他们完全缺乏认同的基础，永远不可能有相同的价值观，你认为很珍贵的东西别人觉得一钱不值，你认为好看的颜色别人心里感到晦气十足，你们哪怕到了下辈子也不会有多少共同的地方，但仅仅因为一个亲戚的称呼你就对他们有了责任，他们来办事、看病或者只是来玩，你都必须责无旁贷地帮忙。这真像被强行套了一个笼头，跟野生动物被驯化为家养动物一样痛苦。

亲戚就是这样一些事物，其本质是网（这点大家都已经指出了），它漫布在水中，像水草一样漂荡，谁碰上它就被网住了，网住了还是在水中，不会马上死去，但前后左右上上下下却被死死圈住，往任何一个方向都游不开。这样的鱼只能在梦中才会有广阔无比的水。

这多么悲惨。

大学毕业分到Ｎ城使我既高兴又人心不足，Ｎ城对我来说是一个陌生的城市，它距离我的家乡有五百公里。但距离说明不了什么，它的陌生不是因为远才陌生，而是因为没有任何亲戚熟人朋友的那种陌生，陌生得像一张白纸，什么都没有，Ｎ城这个名字对我来说跟西宁或贵阳没有什么区别，它们都是地图上的一个圆圈，与我从未有过关系。

一张白纸意味着什么？可以画最新最美的图画。我到Ｎ城的单位报到，唯一的遗憾是这里离家乡还不够远，亲戚们还是有可能到这张白纸上来，涂上一些令人不快的色彩，我想若是弄到西藏的拉萨或者黑龙江的齐齐哈尔什么的，一辈子都不会有亲戚光临，这该有多么美妙！

在Ｎ城的自由生活中我度过了七年时光，七年中我在业余时间里埋头写作，二十世纪八十年代跟二十世纪九十年代最大的区别是前者没有双休日而后者有，所以二十世纪八十年代的整块时间除了节假日就是每周的星期日，在这些神圣的业余时间里我不需要拜亲访友，连想一想的工夫都不需要，这使我在大量的阅读和练习中慢慢地成长起来，写出了一些还说得过去的诗，使我在虚荣的青春期获得了一些轻佻的自我膨胀的资本。我想我如果在N城有许多亲戚，她们决不会眼睁睁看着我到了二十七八岁还没有一个可以用来结婚的男朋友，她们会串通起来让我去见一个又一个与我毫不相干的男人。这样做的后果无疑彻底败坏我的胃口，从此成为一个什么人都不愿见把自己关闭起来的孤僻的老女人。

这与我的想法相差太远了。幸亏以上遭遇只是出现在我的臆想中，始终也没有成为现实。我过着没有亲人限制的自由时光，我写信对母亲说我要报考研究生，这样她对我十分放心，在二十世纪八十年代，研究生是一个高级的名词，只有少数人才能拥有，这能使我母亲的虚荣心得到满足。她来信说，只要我在三十岁以前解决个人问题，三十二岁以前生下一个孩子就行了。

我怀孕的事情没有人知道。

关于怀孕

怀孕的姿势就是干呕的姿势，控制不住地干呕，在任何场合捂着嘴冲到卫生间。这种姿势十分不雅，我看到过几次自己弯腰疾走的身影，它们重叠在一起，带着我春夏秋冬各种不同的服饰，依次走过。在我怀扣扣的早期，电视里正在播《渴望》，那首主题曲如同一团厚实的气流裹着我的身体，因为浓密而显出了形状，像雾和云，黏附在我的肢体上，并跟随着游走飘动。我看到自己眉目不清，曲线不明，像一团人形的雾状物，或一个雾状球人。厚实的气流渐渐密不透风，它们的封闭具有压力，似乎因为怀孕才招来了它们。这种头晕憋气的感觉使我头脑一片空白，脑子里经常重复着一些毫无意义的怪问题。那些密实地贴紧我皮肤的气团在我的感觉中变成了我膨胀的肉体，身上胀痛的感觉从乳房开始到达全身。

那出电视剧在我第三次怀孕的时候在中央台的黄金时间播出，受到全国人民的爱戴，一到时间，所有窗口里飘出的都是同一首歌，任何人都不可能听不见。这是我怀孕时间最长的一次，直到把我的扣扣生下来。所以这首歌不仅仅停留在我那次的怀孕里，它奇怪地使以往几次的怀孕跟上来。特别是现在，当我坐下来，不去想工作的事，我一生中的几次怀孕就很容易从记忆中浮升上来，当我远离它们的时候，我甚至觉得它们就像黑暗中的红色莲花，一朵大而饱满，其余两朵玲珑含苞，它们在黑暗中飘浮，散发着神圣的光。

也许怀孕就应该是这样的，饱含果实的女人，像苹果，脸色红润，线条圆实。但是从很早很早的时候就开始变质了，时间早得以千年为单位。怀孕使女人变得焦虑，她们不知道将要生下来的是男是女，不知道生下来的孩子会有何不妥。大家都知道，这是准备生孩子的已婚女人的焦虑。那些未婚怀孕者，被社会规定为不许生孩子的女人，或者自己不愿意要孩子的女人，怀孕的疑虑就像未被确诊的肿瘤的疑虑，无形的肿瘤疯狂地吞噬女人正常的心情，像火一样掠走她的容颜。等到怀孕被证实，肿瘤的细胞更是飞快地裂变占据女人的每一寸神经。在各个不同的时期，这种类型的女人有以下下场：被火烧死、被放入猪笼里沉塘、服毒自尽、遭受批判、挂着破鞋游街、低人一等、被从事人工流产的医务人员粗暴对待、遭到男朋友的嫌弃，那个冰冷的男人甚至会说：女人怎么像母猪一样，一搞就怀孕。

（这句话曾经真实地回响在N城的时光中，如同晴天霹雳。）

焦虑使女人在怀孕的时候面容憔悴脸色蜡黄，焦虑使她们呕吐。我呕吐的声音有两次在N城的角落里响起，那是一种必须遮蔽和伪装的声音。回想二十世纪八十年代的N城，人们对青年男女恋爱中的怀孕已经持宽容态度，但一个与有妇之夫发生性关系的女人却会遭到强烈的谴责。总之怀孕的恐惧使我与人群格格不入，我在人群中工作，在食堂打饭吃，在人群中行走，怀孕的恐惧使我与众不同。春天的时候单位组织共青团员到郊外参加植树活动，我对自己的怀孕一无所知，我只是觉得这个春天比以往的春天更讨厌，空气中有一股令人不快的气味，在我的感觉中那是一种极其难看的花发出的。我没有找到这种具体的花，但又湿又闷的空气使我看到的一切树木和花朵都变得十分丑陋。N城的树在冬天不落叶，因此到了春天树叶的绿色就十分陈旧，陈旧的绿色沉重而疲惫，给人以压迫感，缺乏北方树林那种树叶落尽又抽芽的变化，那种变化使人感到生命的流动。

在N城的三月，疲惫而沉重的绿色铺天盖地，没有出路，三月份的花的颜色也艳得古怪，必须用刻毒这个词才能形容它。

三月的时候我不知道自己已经怀孕，在满城疲惫的树叶和刻毒的花朵中我感到头晕、嗜睡、食欲不振，我把这一切归结于春天的同时隐隐感到大难临头。那个使我怀孕的人不在N城，我只能独自面对一切后果。三月开始的时候我不知道后果已经在我的身体里生根，我跟单位的其余几位共青团员一人扛了一把大铁铲爬上了一辆解放牌大卡车，那时候，G省的经济尚未起飞，沿海地段也没有大炒房地产，豪华轿车通过走私进入N城是二十世纪九十年代的事情，二十世纪八十年代的G省穷得叮当响，大卡车还是请当地驻军支援的。

走近卡车我就闻到了浓重的汽油味，这是我平生最害怕的事情之一。但我知道我不得不上，我从侧面踩着橡胶车轮往上爬，屁股沉重，样子难看。我挣扎着抓住车厢的木厢板，站稳后我再次闻到了汽油味，我发现卡车的汽油味跟别的车不一样，特别厚，将整个人封死，正常的空气一点都进不来，而它们迅速而密集地聚合在我的每一个毛孔上。对于汽油这样一种我全身都极力排斥的异味，我的每一个裸露或不裸露的毛孔都变成了一只敏锐的鼻子，我竭力想不闻到它们，但我每一次总是比上一次更加确切地闻到了它们。我不明白为什么只有我一个人闻到了汽油味，别人都像丝毫没有感觉，几乎所有的人都在高声说笑，兴致勃勃，有一种植树等于春游的气氛。我一句话都说不出来，我开不了口，汽油的气味不光从我的鼻子进来，也从我的眼睛和耳朵，以及紧闭的嘴灌进。汽车流畅地开着，汽油味的重量压迫着我的五脏六腑，我明显地头晕恶心，但无论如何都吐不出来。我觉得汽油油腻腻地缠绕着我的内脏，把它们缠成了一团挤送到了我的喉咙里，它们堵着我的咽喉，使我呼吸不畅、头重腿软。

我觉得自己跟别人不是同在一个空间里，我呼吸的空气是另一种空气，卡车给予我的车速也是另一种车速，我即使紧挨着别人，光线在落到我们的分界线时也会有明显的界限。在三月的N城郊外，潮气浓重，雾气弥漫，但他们轻松的心情造成了另一种明亮，我确切地感受到这种照耀在他们身上的明亮，但己身却无法进入。我半眯着眼睛，绝望地忍受着自己的头晕和恶心，在神情恍惚中看到他们的动作、姿势和说笑声围成了一溜半圆的屏幕，在这个屏幕上我看到了自己是一个十足的异类。

我一下就感到了作为异类的孤独。正常人的唾弃刺眼地停留在我周围的人墙上，那是一种与黑暗同质的闪光，刺眼、尖锐，又像一种噪音，吱吱作响，这种声音常常出现在电影里，当银幕上的人遭受危险或不幸时，这种吱吱的响声就会响起，让人心头收紧。在N城三月的汽车上，我听见了这种吱吱作响的噪音，它在我的记忆中放大，跟那个春天的陈旧的绿叶、妖艳古怪的花朵、潮湿闷人的空气以及比任何一次都更严重的晕车连在一起。

后来我才知道，这次晕车这么厉害是因为我怀孕了。在那段时间，晕车的感觉一直没有消失，那是我第一次怀孕。在后来的日子里，只要平白无故出现晕车的感觉，我就会想到自己有可能是怀孕了，因为这二者的感觉实在是太接近了。

由此我想到，通过晕车来发现怀孕，实在是上天的一个昭示。既是昭示，又是隐喻。一个非婚怀孕的女人，一个需要隐瞒实情的人，一个只能独自忍受折磨的人，一个叫天不应叫地不灵的人，一个只能在别人的冷眼旁观之中的孤立无援的人，一个呼吸不到别人的空气照耀不到别人阳光的人，一个被正常的车速所甩出、被噪光所击中、被噪音所环绕、头重腿软恶心想吐的人，这个人的确就是异类。

某个男人

使我变成异类的那个男人，我永远也不要说出他的真实姓名，但他像一片有病的细胞隐藏在我的身体里，使我疼痛和不适。事情已经过去多年，这个人的面容我还记忆犹新，当时他才四十多岁，却已经满脸皱纹，黑发中夹有不少白发，充满了沧桑的男性之美。我想现在他的头发肯定已经完全白了，这会使他更有风度，而他面容的皱纹仍像原来那样，那是一张新的皱纹无处生长的脸，长着这样的脸的男人四十岁就这样，到了七十岁还会是这样。现在这个男人浮升到我的视野中，他满头白发、长形脸，穿着一件高领毛衣，毛衣的颜色是茶褐色或黑色，他侧着脸，微低着，光线到达他的头部是侧逆光，一道金色的镶边沿着他的头发、前额、鼻梁、嘴唇、下巴蜿蜒游动，这使他的整个头部生动而有神采。如果扩展到他的全身，我会看到他双手插在裤子口袋里，他的脚下和身后是一片草地，我不知道这是不是就是那个与我有过关系的男人，或者是别的什么男人的形象，我把他们叠在了一起。我在不久前看到的卡拉扬在维也纳附近的毛尔巴赫的照片就是这样的，还有《廊桥遗梦》里的金凯，书中说他身子瘦、高、硬，行动就像草一样自如而有风度。

就让我来为他安排一个名字吧，我是否称他为金凯，既然他有着满头的白发和皱纹，同样的瘦、高、硬，行动像草一样，我为什么不称他为金凯呢？尽管他跟金凯相去十万八千里，我还是准备称他为金凯。这表明，我关于这个男人的记忆、复述都是不准确，甚至于远远地脱离了事物本身的。等我的扣扣长大后，我将告诉她生活与小说根本不是一码事，而我既没有体力，也没有其他技能，命运也没有为我提供别的机会，我所能做到的就是编写一些虚假而浪漫的爱情故事给一些出版商，以此来换取我们的生活费以及她的教育费，即使这样，也不是一件轻而易举的事，而要经过艰苦的努力才能获得别人的承认。我想这就是我所能找到的一条最好的出路了，也许我再找一个人结婚，生活的担子就会轻一点，但我既没有激情，也没有信心了，一切都已耗尽，剩下的只是活着。

所以我并不是那本书中的女人，这个我在此称他为金凯的男人，他是我过去生活中的一个幻影。他的影子有时在阳光和草地之间，有时是灰蒙蒙的天地间一条更为灰色的影子，他的深灰在我的生活中晃来晃去，即使他本人消失了也仍晃来晃去，晃来晃去，我的生活便灌满了阴影累累。

过去 二

共青团植树活动过后，我感到卡车上的空气仍一直跟随着我，就像有一个无形的罩子，把卡车上令人头晕的气味完好无损地罩到我头上。我上班下班，吃饭、睡觉、上厕所、起床漱口等等，都在这个罩子之中，这个感觉又加倍地使我感到空气的滞重。春天植物的气味浓臭袭人，但我看到别人都有一种轻盈快乐之感，任何事情似乎都有些不够真实。在同一个饭堂吃饭，几个单身男女一下就把饭吃完打羽毛球去了，我一点食欲都没有。我一直以为我晕车没有恢复过来，过了四五天还是这样，过了一个星期还是这样。

韦南红就是我到医院化验回来的当天下午来找我的。在这之前我们也比较熟，甚至可以说得上是朋友，但从来不是密友，我不认为自己有什么事需要跟这个比我小五六岁头脑简单风风火火的女孩说。化验结果对我来说是一个晴天霹雳，把我整个震昏了，我的头脑一片空白。我孤立无援，种种麻烦就像一道无穷无尽的绳子一遍又一遍地把我缠绕，又像被遍地的栅栏所围困，每走一步都有许多东西堵着，它们无声地布满了我所在的地方，正如那些从卡车上下来使我头晕恶心的气味，它们从无形变为有形，形容丑陋而又固执无比。

我将怎样对待这个孩子，怎样处理有关的一切呢？

南红的到来使头脑混乱精神即将崩溃的我获得了救助，她从此成为了我的朋友。那个黄昏的气氛使我相信，一切都是有契机的，契机这种东西像沧海之一粟隐藏在大海里，人和人为什么就像天上的星星一样永远也碰不到一起，我们熟人很多为什么从来也走不近一步，就是因为缺少契机，一种自然的浑然天成的时机比那些刻意制造友谊的种种聚会、人为的造访都更能产生真正的情感。

黄昏到来我还没有吃饭，我打了饭端回宿舍，这使我那间鸽子笼似的屋子立即充满了难闻的气味，饭菜的气味就跟汽油一样，我一刻都不能忍受，我马上把饭菜全都倒掉了。饭菜倾倒的时候涌出的大股气味差点使我当场呕吐，这会使在场的人很快就会明白这是怎么回事。在二十世纪八十年代的N城，这种来路不明的怀孕足够判断一个人道德败坏，够她永世不得翻身。我拼尽全力憋住气，然后迅速跑到水池边，我用清水拼命拍自己的脸，凉水的刺激帮我把已到喉咙的呕吐压了下去，清凉纯正的水的气味使我暂时舒服了些。

我回到房间，和衣躺在床上。天很快就有些暗了，空气中充满了雨意，我懒懒地躺着，也不脱衣，也不开灯，肚子虽然有点饿了，但也想不出有什么东西可以吃，甚至连水也懒得起来倒。南红就是这时候来的，不知她怎么知道我在屋里，她噔噔地停留在我的门口，用她那特有的风风火火的方式拍门，一边高喊我的名字。

看见我她愣了一下，没有像在其他场合她惯常爱做的那样来一个拥抱或者惊呼，她似乎嗅出了某种异乎寻常的气氛，一下子就安静多了。她懂事地轻手轻脚坐到我的椅子上，也不开灯。这么坐了一会儿，她问我是不是病了，要不要帮我拿点药来。

我一时没有回答她。

天完全黑了，雨好像下了起来。雨的声音若有若无，但它没有使滞闷的空气松动起来，空气中有湿润的凉气在飘，不闻雨声也知道是下雨了。雨使周围更安静，本来这排鸽子笼式的住户就是两个埋头读电大的大龄青年和一个准备考托福的书呆子，在这样的雨天里他们更加足不出户。下雨和黑暗使这间屋子有一种天荒地老的意味，使屋子里的两个人有一种与世隔绝、去尽纷扰的心境。

黑暗中我看不清南红的表情，她的身影在暗中一动不动，严肃而懂事。在黑暗中我说：

我怀孕了。

我的声音近似耳语，我不知道是对自己说，对她说，还是对黑暗说。

有一种女性共有的东西在黑暗中慢慢洇开，南红似乎凭着她的性别记忆一下就感觉到了，黑暗和雨都是一种良好的介质，它们都是一种阴性的东西，能迅速聚合那些难以言说而又确实存在的事物，有某种气氛，或某种被掩埋着的事情的真相经由黑暗的雨夜，得以显形与放大。这时候只要我们把手伸出在空气中，就会触碰到那些在暗中微微震颤的气流，它们在那个天荒地老的小屋里隐隐流动，从我裸露的脸和手到达南红的。我那些内心的恐惧和焦虑通过这片黑暗的不动声色和平淡，传递到了这个头脑简单大大咧咧的女孩的身体上，她就这么不可思议地成熟了。她没有问对方是谁，也不打听前因后果，她懂事地说，一切有她，我不用担心。

（南红的故事本来已是支离破碎，缺乏明晰和完整性，要命的是无论我在倾听还是在整理她的故事，我自身的回忆都会在某个点大量涌入，这样的点俯拾皆是，像石头一样堵塞了南红的故事，又像一些流动的或飞翔的事物，来来回回地从某幅图案上掠过，甚至覆盖了图案本身。这些切入的点是如此刺眼，使我不得不注视它们，它们是流产、怀孕、性事、失恋、哭泣、男友不辞而别。这些点同时也是一些隐形的针，它们细长、锐利，在暗中闪耀着令人不寒而栗的光芒，它们不动声色地等候着，在某一个时刻，突然逼近女人，使她们战栗。在女人一生中的黄金时间，这些针会隐藏在空气里，你随时都有可能碰到它们，它们代表冰冷的世界，与我们温热的肉体短兵相接，我们流掉的每一滴热血都会使我们丧失掉一寸温情。）

迷宫

我始终想不清楚为什么要解聘我，刚开始的时候见人我就说这件事，我把前前后后跟人说，然后揪着人家问：你知道为什么领导会不喜欢我吗？当然没有人会回答这样的问题。

我先是问大弯，大弯说这是社里的决定，十二个人只有十一个指标，他本来想保住我，但实在没有办法。我又去问社里的主管领导，领导说，你去问大弯吧，是部主任作出的决定，社里无权干涉。我又去问大弯，大弯说你怎么还不明白，这是社里的意思。我再去找报社领导，社领导很不耐烦，说这事不是说过了吗。

我觉得自己掉进了一个真正的迷宫里，明明看清楚了是一个出口，眼珠不错地走过去，到了跟前发现不是。又看到了一个出口，又走上去，发现还不是。在迷宫中走来走去，人就变成了祥林嫂，不管见了谁都要说一遍。

我知道一个人如果一天到晚总是想同一个问题总是想不明白脑子就会出问题，我知道有些人就是因为想不清楚某个问题就疯了，比如失恋的人的问题是：他为什么不爱我？为政治发疯的人的问题是：我为什么成了反革命？我的问题是：我为什么会遭到解聘？我工作努力，做人谨慎，说话小心，单位是国家全民所有制，一不是外企，二不是私企，三不是集体所有制，我既没有出差错，又没有违法乱纪。我真是想了一万遍也没想清楚。

会不会发疯？ 一

有一天我忽然明白，我首先要做的就是要摆脱这件事，而不是搞清楚，只有摆脱它才能搞清楚，不然越想越糊涂，人说不定真的就疯了。

我不再跟任何人讲这件事，说话避免"下岗""解聘""落聘"（它们的实质都是失业）这样的字眼，我白天逛大街，看一些乱七八糟的报纸和乱七八糟的电视，争取把脑子塞得满满的。但是这件事总是跑出来，像空气一样，抓都抓不住。街上走着的不相干的一个人，一眨眼就会像大弯；任何地方的丁香、榆树、槐树、垃圾桶，都跟那个大院里的丁香、榆树、槐树、垃圾桶有一种密谋的关系，它们散发的气味使人头昏。大院的灰墙和高楼在街上更是随处可见，任何一条胡同和大街都有它们，连空气都是由它们组成的，闻着就心烦意乱。商店、菜市，一切东西都在提醒你，生活将越来越可怕。公园的门票因为有牡丹展涨到了五元一张，这使我马上想到了我的扣扣，以前每个星期日都带扣扣上公园，阳光在她的小白帽上一闪一闪，她穿着红色的灯笼裤，是一朵最美的稀世的花朵。五元钱一张的门票，扣扣怎么能进去呢？

我看到的一切事情都使我想到同一件事，它像另一个巨大无形的迷宫，彻头彻尾地罩住了我，迷宫的两壁罗列着商店、商店、商店、家用电器、日用百货、化妆品、衣服、童装、鞋、围巾、文具、菜场、菜市、菜摊、鱼、肉、白菜、西红柿、土豆、黄瓜，就是这样平常而单调的迷宫。我身在其中，不知所措。

我看到一个卖葵花子的女人声音嘶哑地叫卖，我坚信过不了多久我就会成为这个女人，生活所迫，为了生存人是什么事情都可以干的。人本来只吃正经的粮食，但在非常时期却能咽下树皮草根，就像红军长征或饥荒之年。我没有耐心和兴趣学习一门新的技术，又不是那种年轻貌美可以让男人养着的女人，我唯一的特长就是有一点文字能力，但年轻的大学生、研究生像春天的草一样拥挤着生长出来，覆盖了所有的报社、杂志社、出版社。我不太喜欢葵花子的气味，有点呛人，但生活不管你喜欢不喜欢，它把你按在那里。我就会年复一年地站在菜市的某一个摊位上，背后或旁边是一个公共厕所，我将习惯它永远弥漫、永远不会消失的臭气，我的旁边是一个猪肉摊位，在夏天的午后，绿头苍蝇从厕所飞出来，停留在肉案上。对面是卖鱼的，杀鱼的血水浮着鱼鳞，散发着鱼腥的气味。脏水就会流到我的脚下，我一不经意就会踩着，我的鞋虽然有胶底，但鞋面却是布面，溅上脏水，半湿不干地沤着，臭气从我的脚下、我的身后以及胡同的两头围拢过来,灰尘落到我的头发、皮肤、衣服上。我在臭气和灰尘中从早站到晚,我的头发一天下来就有以前十天那么脏,我灰扑扑脏兮兮地站在摊位上,从这样一个春天开始,我的皮肤每天十小时地暴露在北京特有的风沙和浮尘中,一开始我觉得皮肤发疼发痒,尘土停留在脸上有一种又脏又痒又厚的感觉,但用不了几天我就习惯了。在风和灰尘中,我的皮肤迅速变老,一个季节就老了十岁。又脏又老又臭。扣扣如果看见这样一个妈妈会怎么样呢?

有时候我还会想到钢琴这样一种高贵的事物,我想起扣扣出生的那一年。闵文起说将来要给她买一架钢琴。雪白的牙齿,叮咚地响,辉煌的大厅,演奏晚会,鲜花。这些离生活无比遥远的东西一下变得跟天一样远,本来以为一步一步就能走到跟前,但现在走死也走不到了,有谁能从地上走到天上呢?扣扣的手指修长匀称,像一种细长的花瓣,粉红、肉肉的手掌,散发着珍珠光彩的指甲盖,有着完美弧形的指尖。在赤尾村,在混乱和无聊中我不可遏止地看见扣扣的这双小手,闪烁着柔光,拂动在我的脸上。而琴声,就在黑暗里回荡,从远处到近处,又从近处到远处。水滴在冰上,月光消失在青苔里。琴声是这样一双手的水分。滋润与浇灌。成长与开放。

但是这一切都不会落到我扣扣身上了。

某个中午

现在我终于想起那个中午了。

一切都始于那个中午，这个中午是一块锐利无比的大石头，它一下击中了我的胸口，咣当一下。

那天我到得很早，我的自行车在最里面。我到开会的地方找了个角落坐下来，每次我都这样。那次人到得特别多，会议室全都塞满了，大家紧挨着，毛衣连着毛衣，白的灰的红的黑的连成一片。我坐在毛衣的后面，领导看不见我，我感到安全。总结的声音在人头和毛衣间滑动，这是一种有重量的声音，它把人的脑袋向下压低，使毛衣隐隐晃动，但也有少数专注的脑袋和挺直的毛衣，他们是中层干部、中坚力量、特殊的人。他们需要特殊的听，听到声音之外的声音，并且牢牢记住，要在今后的日子里作出不同的反应，他们体力和精力的消耗要比别人更大。后来我看到毛衣在松动，下沉的脑袋陆续伸直了，我听到领导说某某在过去的一年中成绩突出，发给奖金一千元，某某部门被评为先进集体等等，表彰的声音是另一种声音，它像一种无形的线，把人的脑袋上提，使我想到慢镜头的电视广告中，绿色的水珠滴落，皱巴巴的花草立即宽舒。奖金是力量中的力量，光芒之中的光芒，它闪闪发光地从领导的嘴里一滴一滴地滴落，圆润、饱满、叮咚作响地回荡在会议室里。同时这种声音更像炮仗，它一下一下地爆响，准确地唤起兴奋和骚动，切实地增加着室内的热量。

然后我听见宣布调整之后今年新的各部门主任的名单，主持者提醒大家认真听，因为今年将由各部主任聘用编辑人员，双向选择，但大家务必主动找主任谈，不要坐失良机。我伸长了耳朵，在一系列的名字过去之后，听到副刊主任仍是大弯。

我马上就放心了。大弯虽然有时脾气不好，但他总的来说还算一个厚道的人，我想大弯不会不要我。

散了会，回到办公室，大家纷纷找碗去打饭，我惦记着领导说的话，就去找大弯。我看见大弯在厕所的方向晃了一下，于是就到路上等他。我知道这事应该避开些别人。

我在院子里徘徊，假装晒太阳。那是三月份，天气还有些冷，丁香花没有开，我看看天，看看地，看看各个部门的棉门帘与窗玻璃，看看自家办公室门口的丁香树和垃圾桶。

然后大弯就走过来了。

在院子的正中我拦住了他。我说大弯，聘任的事，我想跟你谈。你什么时候能排出时间来？

我十分认真，弄得大弯也严肃起来，他紧皱眉头认真地想了一下，然后说下午一点钟他还有一个会。

我想这下午一点的会肯定是社领导召集他们这批新聘任的主

任开中层干部会。

大弯没说什么时间谈。我只好问：那开完会呢？

大弯没说话。

我自己接上来说：今天是周末了，看来只好等下星期一了。下周一你有时间吗？

大弯立即说：下星期一吧。

我又盯着问：那上午还是下午呢？

大弯说：上午吧。

我立即又放了心。大弯没有回办公室，我轻松地回到自己的办公桌前，收拾我的信件放进我的包里，我说我先走了，大李正在抽屉里乱翻饭票，咪咪往饭盒里倒洗洁精，他们一时都停住了手上的事，咪咪说一会儿就开会了，你到哪去？我说我回家吃午饭，下午约好了到一个作者家取稿子。大李说：下午一点就开会了，大弯没通知你吗？

我一下就意识到了。

后来我反复想大弯所说的下午还有个会，原来就是这个应聘人员的会，我以这种方式被宣告解聘却自己一点不知道，还巴巴地找人家谈，希望得到聘用。实在是可笑之极。

我僵立在乱糟糟的办公室里，脑子里一片空白，好像到处都在嗡嗡响，我觉得一下就被推得很远了，只有我一个人，孤立无援，没有同伴,所有的人都被聘用了,没有任何问题,心里踏实有数,身体健康,他们大家都是安全的,他们都在岸上或船上,只有我一个人掉下去了。

大李和咪咪都不相信这是真的,他们感到了问题的严重。但我一下子就不抱任何幻想了,一下就完全相信了。我听见咪咪说她是昨天下午得到的通知,大李说大弯昨晚打电话到他家里通知的。

大李说不可能,不会的,肯定是疏忽了。我想这又不是一般的事情,根本不可能疏忽的。大李拿起电话就拨,我不知道他从哪里把大弯找着了。我在绝望中神经高度紧张地听着大李的只言片语,看到这个事实很快地被证明。

事实就是千真万确不可更改的铁一样的东西,冰冷、坚硬,任何东西碰上去都会出血(如果这些东西是有血的话),我以前不知道事实是如此重要的一种存在,它劈头盖脑就砸下来,即使你粉身碎骨它也仍然完整,并且落地生根,长得比原来更粗壮,生出密密麻麻的枝干,把天都罩住。这些枝干像刺一样刺过来,这无数的刺中有饭钱、医疗费、女儿的入托费、房租水电费等等。

一切。

会不会发疯? 二

刚开始的时候我担心自己会发疯,第一件事是离婚,我不得不提出来，第二件事是解聘，我完全没有想到，我甚至觉得不会是真的。

它们间距是那么短，猝不及防。

两次我都以为自己要疯了，在我的家族史上疯子的身影重重叠叠，她们（他们）从年深日久的家族史中走出来，一直到达我的眼前，这种情景有点像某幅关于革命先烈前仆后继的国画，他们处在不同的历史时期，故而穿着各个不同的服饰，色调暗淡，排着参差的直列。我的疯子祖先们也是这样，但她们目光散乱，神情恍惚。她们的眼睛看不见这个世界，她们的身体也就不再为这个世界负责，披头散发，衣衫褴褛，哭或者笑，这一切与任何人无关。

那样一件四面都是洞（它的边缘和形状使我们想起剪刀，快意的破坏，隐秘的愿望，剪刀穿过布的声音，锐利而不可阻挡，一旦剪断就不可能原样接上）的衣服在我的等待中空空荡荡地飘来，贴地而起的小风使它鼓起，它胸前的两个洞越来越触目，祖先的乳房从那里裸露出来，就像两只奇怪的眼睛。我知道，这件四面是洞的衣服空着，它飘到了我的眼前。

扣扣

在最混乱的时候我每次都会看见我的扣扣，她一岁、两岁、三岁、四岁,她圆嘟嘟的小脸像最新鲜的水果,鼻子经常流鼻涕,嘴角有时候流出清澈明亮的口水,她的额头比别的地方要黑些,上面有一个若隐若现的旋儿,在阳光的照耀下,她安静地睡着的时候,就会看到她额头上细小的金色茸毛旋成的小窝,那是一个隐秘的印记,是我的孩子特殊的痕迹,想到在这个广大渺茫的世界里有一个自己的孩子,马上使我得到了很大的安慰,我的女儿成为了我那些混乱而绝望的日子里温暖的阳光。她的小身体散发出一种特殊的香气,脸、脖子、胳肢窝、背、肚子、小屁股,到处都香。每当夜晚我长时间地闻着她领窝散发的香气时,我的心里就充满了感动。我想我任何时候都不能疯,我怎么能疯呢?扣扣除了我谁都没有,我除了她也谁都没有,我一次又一次地意识到,最重要的就是我的孩子,我唯一要做的事就是把她养大。

关于南红　五

南红的头发每天都在长。有一天她就出门修了个半秃的时髦发式。然后她回到家里对我说:我不能停止对男人的爱,没有办法。

各式耳环垂饰犹如听到召唤,一下布满了那张油迹斑斑的三屉桌,它们大多数是那类廉价的、装饰性的,骨质、木质和各种不知名的透明半透明的石头,稀奇古怪地组合在一起,这很符合南红的风格，如果长得既不像贵妇人，也不像白领丽人，就只能往艺术家上打扮。

南红说短发必须戴耳环，不然太男性化，她不喜欢自己太男性化。

两只骨做的耳环在她的耳边晃荡，妩媚的光彩重新回到她的脸上，也开始渗透到了这间寡情乏味的屋子里，就像一种隐约的光，分布在房间，我们感觉不到，但天花板上的阴影就在这点微不足道的光中消失了，南红一定不会再从那上面看到那个小小的人儿，在水龙头里、在炖汤的汤里、在衣服的皱褶上，那个小小的灵魂消失了，或者是南红不想看到它，对于不想看到的东西我们都会慢慢看不到。老歪的脸也不再出现在她的上方，甚至老C，这个南红仇恨的对象，在赤尾村的房子里是一片比老歪更为浓重的乌云，我一直没有提到他。

C无端地使我想到草绿色的军服和红色的五角星，就是那种传统的几十年一贯制尚未改革之前的解放军的形象，一个六七十年代的军人和化着浓妆半秃着头佩戴着稀奇古怪耳环的南红站在深圳的背景下，让我不能不想到"政治波普"这个词。这个虚拟的画面在我奇怪的凝视中活动起来，但一切又是那样的不和谐、不伦不类，两个人站在一起不和谐，干什么都不会谐调，吃饭、相拥、一个人流泪，另一个人忏悔，等等，全都怪模怪样，不合常规，而这种怪诞亦不像哈哈镜里的表面变形，而有着一种更为深入的气质。

事实上C并不是一名军人，至少不是现役军人，至少在南红认识他的时候他已离开军队多年。我不知道具体是哪一种情况，也不知道我脑子里的那幅荒唐的政治波普画面从何而来。

现在想起来，南红说过C的父母家在军区，一切关于军服与帽徽的想象大概就源于军区大院。南红对我叙述的男友关系过于复杂和混乱，当她说到C的时候我常常神色茫然，她有时就补一句：就是家在军区的那个。所以在我同样混乱的脑子里常常把C等同于军区。

现在我决定要让C清楚一点。这个念头带来的第一个后果就是我决意换掉C这个代码，我忽然觉得以字母代表人物不够真实，犹如一个骨架行走在大街上，空洞而奇怪，反过来如果对一个生活中十分熟悉的人，如果我们不得不叫他C的话，也会立马有一种真相被掩盖的迟疑。

史红星这个名字就这样出现了，它使C从南红模糊一片的叙述中凸现出来，成为一个三十多岁、理着小平头的男人，他在军区大院的红砖楼房里对着老婆手中的敌敌畏瓶子面色苍白，在南红的宿舍里神情沮丧。史红星，这个永远不如意的男人，被老婆牢牢地掌握在手心的男人，他与南红的故事像鲜血喷涌而出。

鲜血跟南红去上环有关。南红说史红星做爱不戴安全套,她指责他,他就很沮丧地说:我知道南红的孩子不会姓史。他怕老婆怕得要命,同时又异想天开想让南红给他生个儿子。南红说她真是又恨他又可怜他,他是一个窝囊废,老婆周六周日不让他出门,平日上班早上出门时口袋是空的,经常绝望赌博(赌博的钱从哪里来呢?南红没有说)。南红说有一次史红星非要送给她二百块钱,她坚决不要。她还说深圳的女孩跟人同居都是有条件的,或是养起来,或是给钱,她跟史红星什么都没有。

关于同居与钱,养不养起来的话实在是俗气得很,俗气且粗鄙,光这几句话就能把好端端一个女孩给毁了。它犹如沼泽,女孩一脚就踩了下去,腐烂的草根挤压着她,气泡一串串地一路冒上来,兴奋而且凶猛,有谁知道气泡也是凶猛的呢?一个女孩在下沉,她明白沉下去她就完蛋了,她伸出手来乱抓,气泡密集地呼呼上升,如同被触怒的蜂群,她大口大口吸进身体里的全是这些重浊的气体,它们像一些石头连接不断地打在她挣扎着的身体里,正常的空气近在咫尺,但她没法呼吸,沼气的气泡在她沦陷的周围形成密不透风的包围圈,它们的声音像夏天的蝉声铺天盖地,由于密集而变成一种啸叫,声如电钻,用电的力量穿透坚硬的水泥板,水泥粉屑纷纷扬扬。这个沼泽地的景象与现代都市是如此紧密地纠缠在一起,它们重叠的身影是另一种无所不在的气泡，弥漫在都市的上空。我看到的就是这样，弥天的气泡像喷泉一样被一种不知什么力量冲挤出来，密布在一个女孩的头顶，这是一种肉眼看不见但密度很高的乌云，它像一个盖子，越来越低，使她在真正沉没之前就没了顶。如果有一根点着的火柴碰到这层沼气的乌云，我们顷刻就会看到蓝色的火焰腾空而起，既美丽又狰狞，它像沼泽一样同样置人于死地。

许森

许森不能算是我的情人，但他是我在这座城市里联系最多的一位男性。我在半年的时间里到他家去过几次，我跟许森算是一种工作关系，组稿。跟工作没有关系的地方我就去得很少了，有孩子的女人都这样。

许森没有家人，独住一套一居室，我总觉得称为房间比称为家更合适。许森看起来也是四十上下的人了，我不知道他的老婆孩子在哪里，一开始这就是一个悬念，这个悬念挂在他的单人床上，他的门厅只是一个狭窄的过道，只够放下一台电冰箱和一个书架，这样他唯一的房间就兼着卧室、书房、客厅的功用，大多数人都是这样，我来到这个城市之后就习惯了一进门就看见床，并且常常落座在别人的床上（隔着床罩，使主客两方都觉得没有直接坐在床上，床罩同时是床和心的屏障），但许森的床使我心惊胆战，我本能地感到这上面曾经仰卧过不同的女人，我自己是否在将来也会成为其中的一个？

暧昧的想象使我心跳不已。我不知道为什么会有这样的想象，是不是因为离婚？还是他的房间性场（姑且这样说）特别强？一个结过婚的独身男子的居室，总比在婚姻之中的男人的房间有更浓厚的女性气息，后者房间中的女性物品总是摆在明处，是光明正大的，乳罩晾在阳台上，有一点风它们就会飘来荡去，在房间里一眼就会看到；卫生间里女性的化妆品一应俱全，从洗面奶到睫毛膏、浴液、洗发水、面霜，它们罗列在洗脸架上，还有新打开的卫生巾，但我们知道，所有这一切，都是那个照片上的女人的东西。这个女人有时悬挂在墙上，她多半和房间中的这个男人依偎着停留在相框里。他们的结婚照，双方总是很甜蜜，那个女人化了淡妆，披着白纱。白纱这样一种非日常生活的事物簇拥着女人，把她从日常生活中抽取出来，使她像仙女一样既美妙又神秘，不同凡响。

有时她在一个台式的小镜框里，这样的小镜框放在书架的某一格，但有时候又放在书桌上，书桌的左侧，它甚至没有灰尘。小镜框里的女人总是和孩子在一起，这也是把它放在书桌上的理由，因为老婆是别人的好，儿子是自己的好，再好看的女人也经不起天天看，男人漫不经心的目光比时间本身更能加速女人的衰老和陈旧。

照片中,女人和孩子坐在草地上,阳光很好,孩子的衣服很鲜艳,像草地上盛开的一朵大花,这样的画面常常是幸福的注解。这种美它的来处和去处清清楚楚,不像那种常常被赞美的忧郁的美,弥漫着阴气,令人既压抑又紧张。

就是这样。

言归正传,婚姻中男人的房间,虽然女性物品无所不在,但它们统统摆在了明处,最大限度地正大光明,它们的气息每到达一处,就被阳光和空气同时稀释。因此在婚姻中的男人的家里我们所嗅到的女性气息总比独居的男人(性取向不同者不在此列)的房间里的少。我们知道这类男人没有妻子,许森的妻子是离婚了,还是出国了,我一直没有问过他,他也从来不说。他的房间里没有什么一眼可见的女性物品,是典型的单身汉的房间,但在这个房间里我总是一再地看见一些女性的身影,她们不是我无中生有的产物,她们的皮肤、头发和字迹隐藏在这个房间的某些地方,它们是一些小小的痕迹,虽然小却十分清楚,它们散发的气息比起一个活人在跟前更有一种点到为止的简约效果。简约、含蓄、朦胧、神秘、引人遐想。

她们的皮肤和头发就是这样出现在卫生间的洗脸架上的,一小瓶面霜,一小瓶洗发水,它们毫不成系列。它们的不成系列表明了一种非日常性，缺乏那种主妇式的全面渗透，表明了偶一为之的品性。

　　独身女人如果在这类卫生间洗手，在半分钟之内就会发现这些女用面霜、洗发液，你对它们不知为何如此敏感，是因为它们出现在独身男人的卫生间，还是因为它们是女人用的，抑或是这个女人又对这个男人有着潜在的欲望？她站在洗脸池跟前洗手，那个她不认识、从来没见过的女人的头发从她眼前的这个乳白色的洗发水的瓶子里柔软地滑出，它们不是满满一头，而是细细的一绺，十分整齐干净，有一点淡淡的清香，像刚刚摘下来的新鲜的树叶，它爽滑地一直垂落到这个女人的手臂上。与此同时那些从未见过的女人的脸庞，也经由面霜的瓶子飘浮到这里，它们像瓷砖一样光滑和冰冷。它们紧贴在镜子周围的瓷砖壁上。这些假设的女人影影绰绰，五官不清，有一点模糊的美。我们从镜子里那些模糊的面庞看到了清晰而实在的自己，水龙头的水冲到我们的手上，在手背、手心、手指之间流淌。

　　从瓶子里逸出的长发和脸庞是女人的肉的部分，那些摆在茶几上的干花，立在书架上的生日贺卡则是女人的灵的部分（姑且这样说），女人的灵与肉分散在这间房间里，组接的方法有许多种，一个女人的灵与另一个女人的肉，各种不同的组合是那个男人在某些独自一人的夜晚所做的事情，它暂时远离着我们。我们作为客人坐在这间房间里，或者走动，或者不走动，但我们一眼就看到了那些携着女性气息的东西，一束干花、诗意的小卡片、饶有趣味的小陶人、淘气的小布娃娃等等。它们分散在这个房间的某些角落，分散本是一种隐藏的姿势，但它们的分散却奇怪地没有获得这个效果，不但没有得到稀释，反而被浓缩了。

分散的、零碎的女性物品，不管它们的来源和去路，只要它们出现在一个单身男人的房间里，就不由分说地带上了暧昧的意味，每一样物品的后面都隐藏着某个女人，那种幽暗的隐秘的性质使这些各自分散的气息互相粘连起来，这浓重的气息中有无数女人的身影在飘动，我们分不清这无数女人是从一个女人的身上分离出来的，还是从几个不同的女人身上分离出来的。

隐秘的女性气息就是这样弥漫在许森的房间里，相对于我来取的稿子，它的气味更加浓厚。或者说由于这种气味，这个房间带上了魅力，一种吸引力，潜在的吸引。

他的文章很平淡。他的题目通常是《环境与建筑》《环境与心情》，内容空泛，大而无当。就像那些建于二十世纪七十年代的千篇一律的火柴盒般的楼房，外观上千篇一律，走进去一律千篇。一样的内部格局，一样的走廊、房间、一样的门口窗户，甚至连室内的家具都基本相同。这样的环境很容易产生喜剧，是巧合法则施展的舞台。这使我想起苏联的一部轻喜剧电影，说的就是男主人公从莫斯科到外地看望未婚妻，结果坐过了站到了另一个地方，但他在这另一个城市里找到了同样的街道同样的楼号用他手里的钥匙开开了同样的门，他坚信这就是他未婚妻的家，倒头便睡。后来另一个女人进来了，发现了睡在自己床上的陌生男人，他们由戒备到相爱，最后各自打发了自己的未婚妻（夫）。许森的人和他的文章之间的反差使我产生了类型的感觉，就像在平淡的环境中发现戏剧。

关于许森我有时想，如果一个人的文章比他本人精彩，那不是很煞风景吗？反过来说，一个人本人比他的文章精彩正应该有意外的惊喜。不管怎么说，许森是让我有所幻想的男人，在灰色的院子里，在散发着塑料气味的办公室，在垃圾一样堆积的稿件中，我愿意想象一下许森，他的手指停留在我的头发上，有时触碰到我的脸，而他书架上的生日贺卡总是神秘而安静，茶几上的干花，卫生间里的女用面霜，它们在我的思念和想象中像乌云一样掠过。

（四）

关于南红　六

二十世纪八十年代的南红喜欢跟男孩疯玩、尖叫，穿着奇装异服在N城的大街小巷疾步如飞，她那些自己设计自己制作的质地粗糙、怪模怪样的服装远远地在N城飘荡，它们用各式廉价的粗布制成，又宽又大，垂感很好，黑的长裙配上紫的或绿的长外套，穿在身上确实就是一个十足的美院女孩。但她弄出来的大部分衣服除了怪诞之外一点都不好看，她有时会做一些类似荷叶边、皱褶之类的繁琐细节，搞得衣服不伦不类，穿起来像戏剧里的服装，而且是剧中厨娘一类人物的服装，使人有一种非生活化的滑稽感。

但南红自己并不觉得，这让我至今仍感到奇怪，她会认为那些莫名其妙的衣服会加强她的个性，使她特立独行，而事实上并非如此。她幻想中的现实总是十分强劲，跟真正的现实极不一致。有时她怪怪的样子使我觉得她性格上的那些难以描述的东西可以从她对服装的态度上获得描述，这句话有些拗口，我是说，我跟南红认识十几年，但我无法说出她是怎样一个人，纯洁与放纵、轻信与执拗、冷漠与激情，这些不谐调的因素像她的衣服一样古怪地纠缠在一起，衣服便成了一种描述她的方式。

她那些诞生于二十世纪八十年代的衣服曾经劈头盖脑地落到过我的身上，一开始她把那件为我设计的连衣裙画在纸上拿给我看，按照她的幻想，她把它画得十分飘逸，看着是不错，但一旦做出来披挂在身上却完全不是一回事，首先她选择了一种厚得不能再厚、人家专门用来做窗帘的叫作什么摩力克的面料，剪裁时她又把下摆剪得像旗袍那样紧窄包身，跟她画在纸上的大幅下摆完全是天壤之别，但南红对如此明显的区别一无所知，她兴冲冲地拿来给我穿，并大声喝彩，我穿在身上照镜子，看哪都不舒服，比例不对，线条凝滞，既古怪又古板，我壮着胆穿了一次上街，回头率甚高，但目光中全是同一种困惑，奇怪这人怎么会穿这么一件衣服上街，好端端的把自己搞得像一个木乃伊。我虽然喜欢怪一点的东西，但总不至于无原则到把自己搞得太难看。

当我把这件硬邦邦毛刺刺穿着很不舒服看着也很不好看的连衣裙送给南红的时候，她振振有词地说：我画的设计图你不是说很好吗？噎得我说不出话来。我频频回想她的设计图，那上面的"V"字领是两重下垂的皱褶组成，下摆宽阔，有一种衣袂飘飘的效果，而到了这件摩力克的窗帘布连衣裙上这一切全都消失不见了，领口硬邦邦地到胸部，在那里鼓鼓囊囊地结束，而不是恰到好处的过渡，既不伸延也不呼应，而是一种十分尴尬的互相对峙，天知道南红是怎样做成这种效果的。下摆也不知怎么就成了筒裙的样子，加上面料硬度的推波助澜，简直比筒裙还筒。

她用在自己身上的幻觉走得更远，一块最廉价的衣料做成晚礼服的样子，并且在胸前做几朵花，这些粗糙而拙劣的花朵簇拥着她走来走去，她脸上就会带上公主的感觉。

南红喜欢纠集一群人去郊游，或者搞别出心裁的生日Party，南红虽然缺乏才华，但她从来不缺激情，她充沛的激情足够使她想出种种新鲜的主意，这些主意中总有一两个或两三个使人眼前一亮的。我至今记得她二十一岁生日那年的水果晚会，在一套四室两厅的空房子的大客厅里，摆了一个像节日里街头的花坛那样巨大的水果坛，一层又一层，黄的绿的紫的，一直堆到天花板，把所有在当时季节能搜寻到的水果统统都弄来了，不管生的熟的是否能吃。我记得铺在地板上做底座的是一层绿色的小菠萝，其中有的比大松果大不了多少，一看就知道尚未长成，它们顶部的叶子坚硬饱满，十分茁壮，像剑一样的叶锋锐利地挺立着。上来一圈是黄绿色的杨桃，看一眼就会产生条件反射，比望梅止渴还要有效，这种水果的酸一直酸到人的骨头里，使人永生难忘。这样酸的水果是不能直接入口的，要经过腌制，或做成果脯，才能摇身一变而为"岭南佳果"，如果单看这两层水果，除了新奇之外一定不会引起食欲，同时它们生硬的线条和颜色也没有给晚会带来烘托。

接上来的一层还是绿色，墨绿的那种，是橘子和广柑。每一只都带着新鲜的叶子，还有连着两只的，它们确实是刚刚从树上摘下来的，南红说这些生菠萝和生橘子都是她在园艺场的朋友下午五点才送到的，上午还在地里（菠萝）和树上（橘子），朋友弄了一台拖拉机运进城里，一直开进大院停在楼下。现在回想这一切，比当时置身其中更加感到此事的奇观性，想一想吧，一辆中型拖拉机！

有谁能为了自己一个人的生日晚会动用园艺场和拖拉机呢？只有像韦南红这样有能力胡作非为的女孩，在N城，这样的女孩独一无二，在N城，一个时髦的女孩加上一辆中型拖拉机就是时髦的极致，这种时髦无法模仿，于是更加成了极致的极致，是极致中的那一颗红樱桃，是红樱桃顶上的那一层反光。这颗红樱桃就在南红借来举办生日晚会的那套崭新的从未有人启用过的四室两厅中傲然地闪光，它的底座庞大杂芜，稀奇古怪，和它的娇小艳红毫不沾边。它的下方是葡萄（它的紫色远不及红樱桃抢眼，而且它一串一串，一嘟噜一嘟噜，令人联想起病毒）、香蕉（这种岭南佳果在N城遍地都是，它们成片地生长在N城的郊外，以及本省的广大地区、公路沿线和铁路沿线，我们坐在车上就能看到大片大片的香蕉林，它们宽大叶子的绿色，闪耀着江南和岭南，雨中的芭蕉更是响彻了千年之久，它们一望无际，在车窗外快速地闪过，芭蕉的茎蕾在宽大的叶间若隐若现。N城不可替代地成为了全国的香蕉集散地，在N城火车站的西侧，有无数堆香蕉的小山，全是最坚硬最青涩全都不能吃但绝对经得起长途贩运的颠簸。香蕉在这个城市实在是太多了，像空气和泥土一样多，使它变得和泥土和空气一样平凡），比香蕉还要普遍的各个品种的苹果、梨子、西瓜、香瓜、哈密瓜、木瓜等，它们庞杂地堆成了一个硕大的果坛，它们比圆桌还要大，比人的视线还要高，由于它顶端的红樱桃的对比，我们发现这个硕大的果坛全是黄绿二色，不是绿就是黄，或者是黄绿混杂，在夜晚的灯光下显得暗淡臃肿，没有精神，它虽然聚集了难度不小的操作背景，却不及一只现成的生日蛋糕简洁明确。

  南红穿着她自己设计的古怪衣服在果坛边来回穿梭，迎接朋友，接受礼物，夸张地拥抱，大声地说话。她衣服的效果使她像一个挂满了形状各异规格不一的围巾的儿童，她脖子上还缠绕着一条长长的布条，一直拖到地下。她有几次踩着了它，于是在整个漫长的晚会上她不得不腾出一只手专门提着这根长长的围脖（或者应该叫颈饰？），如同西洋的仕女拎着裙沿。她一点也没想到要解除这一麻烦，也没有人提醒她，所有的人都说她今天晚上最漂亮，她的衣服最别具一格。她也总是在这些赞美之后自己得意地补上一句：这是我自己设计的！

  烛光在各个房间点着，大概有十几支，使那个夜晚从一开始就有了将要被特殊记忆的质地，它的若明若暗，闪烁不定，从一开始就是恍惚和迷蒙，是一个不清晰的非现实。清晰的事物尚且难以复制，不清晰的事物简直就是一团气，它的出现就是为了消失,消失之后仍是一团气,独立存在于与你平行的时空,在某些夜晚和某些特殊的日子,以同样迷蒙的形体进入你的视野,成为所有生日的参照。

(这一切离虱子是多么遥远,在那个N城的、由硕大的果坛组成的生日的夜晚,与南红有关的虱子还未滋生出来,它们根本就不存在于这个世界。)

关于南红 七

现在,那个远离深圳的闪闪发光的N城生日浓缩成一个玻璃缸大小的空间,悬浮在南红到深圳以来的各个房间里,它在变化不定的光线中时大时小,它悬浮在眼前的景物也随意变幻,有时是那团烛光迷蒙像梦境一样恍惚的气团,南红的脸在蜡烛之间浮动,有时是那个巨大的水果坛,它们以超现实的颜色发出亮光,犹如童话中的事物,轻盈地摇动,发出悦耳的叮当之声,而那辆停在草坪上的拖拉机恰如其时地变成了一辆天使驾驭的马车,成为水晶般透明的背景。

这一切都是因为它们太遥远了,永远不能再回来。它的明亮与南红房间的黑暗(不眠的夜晚)之间有一道绝对的界线,我们怎样使劲也无法穿过这道线,只好眼睁睁地看着它悬挂在我们摸不着的地方。躺在黑暗中的人,再一次想起了今天正是她的生日。

生日这个字眼是一把锐利的尖刀，寒光闪闪，它平时躲在暗处，不动声色地向我们逼近，在每年的某一天，它犹如闪电从天而降，直逼我们的心脏。它的寒光照彻了我们的周围，我们的周围荒凉而丑陋。谁是我们的敌人？谁是我们的朋友？这个问题是革命的首要问题。我们幼年曾经背诵过的语录莫名地出现，正如时光远去的背影偶尔朝我们回过脸，我们再一次看到，这中间隔着万丈深渊。

南红觉得自己一生的生日都在那个堆满水果的N城房间里过完了，她当时就是那颗红樱桃，站在了全部日子的顶端，她只能沿着果坛的阶梯，一级一级往下走，最后脚底碰到的是坚硬的水泥地。

冷汗的来源

一个刚刚大出血的女人，她的血还没有止住，她全身虚弱，头重脚轻，她的脚一碰到水泥地就像踩着了无数钢针，这些钢针密集得如同液体，又如饥饿已久的活物，它们紧紧黏附在女人的脚上，她把脚抬起来它们还死死黏着，它们瞬间就脱离了水泥地，从她全部的毛孔直逼而进，毫不犹豫地抵达她的骨头。

坚硬的骨头在出血的日子里变得脆弱而敏感，就像裸露在空气中的舌头，无法承受坚硬和尖利的东西。血液也会从骨头中渗漏出来，它们一点一滴，从骨头的呻吟中由鲜红变得惨白，比冰雪还要白，它们散发着寒气，又被寒气所驱动，它们用力地挤过骨头和肌肉的缝隙，滴落在身体的表层。这时它们已经滤尽了它们本身的颜色，变得透明，它们一无所有地垂挂在额头、脊背、胸口上，去尽了颜色和温度，它们的寒光从骨头、五脏到皮肤。

这就是冷汗复杂的来源。

家庭机器

现在我又听见了家庭这部机器各处的螺丝松动时发出来的嘎嘎声，它们浑然一片，乱糟糟的，我一时分不出哪些是主要环节发出的声音，哪些是柴米油盐鸡零狗碎的声音。它们松动之后有些东西就开始脱落，这些脱落的东西是什么呢？茶杯盖、碗、玻璃杯？这些廉价而易碎的东西在某些时候会被摔在地上，碎片四溅，发出清脆的响声，在深夜，它们的声音从我们的头顶、左侧或者右侧响起，一直延续到第二天，我们会看到从这幢楼房走出的某对男女脸上浮动着青黄的颜色。但我和闵文起没有干过这件事。

我一点都想不清楚，一想就头疼，一想就听见嘎嘎响的声音，这种声音听久了我才辨认出来是高跟鞋走路的声音，那种高跟鞋早就淘汰了，在日常生活中消失，只滞留在舞厅那样的地方，在暗中、在光滑的地面、在灯光闪烁不定的时刻，这些地方脱离着生活的常态，脚并不用来走路，而是使劲跷起来疯转，人的整个身体也不好好待着，而是左转右拧。这种后跟又尖又细的鞋子花里胡哨，一些发亮的碎末掺在鞋面，或者缀上一个更加发亮的蝴蝶结，或者干脆系上两颗差不多有乒乓球那样大又白又圆的物件，这样的高跟鞋在商场里单独摆在一个橱窗或鞋柜里，我们张望它们，就像张望一个演古装戏的舞台。

（闵文起与那个猫眼女人是不是在舞场上认识的呢？闵属于那种热衷跳舞但永远跳不好的人，他们单位每周有舞会……）

我听见高跟鞋的声音在我的头顶来回走动，她的高跟鞋是那种时髦的宽跟方头鞋，显得大气，没有细跟尖头鞋透出的脂粉气，但我想这种选择不是出自她的见解和素质，而是出自当前的时尚，有时候，较好的时尚会扭转一个人的趣味，使她变得自然一些。如果我敏感一点，或者说如果我一天到晚不是那么疲于奔命，我应该更早一点知道她，但我对这件事情无动于衷，这件事对我的刺激是离婚以后才慢慢产生的。

现在回头看看我的婚姻，我觉得它就像一只密不透风的大口袋，彻头彻尾把人罩在了里面。这只口袋甚至没有弹性，你想往任何一个方向动一点都立时被挡回来，两个人缩在黑洞的布袋里，互相看得面目狰狞，厌恶之心顿生，谁都想出其不意地剪一个大洞。闵文起剪出的大洞就是那个把嘴唇涂得通红的女人（她把眼圈描得乌黑，看起来使人想到猫），他把脑袋探出去，把嘴接在那只嘟起来的红嘴唇上，他们的上半身使我想到两只红嘴鸥，而撅起的屁股又使我想到鸵鸟。

当然这不是日常生活中的图景，因为绝不会有人从口袋里探出头来跟女人接吻的，这是一个从平凡的生活中伸出来的一个喜剧场面，我觉得这确实有点可笑，或许我正是为了取悦自己才杜撰出这样的场面。

在二十世纪九十年代，丈夫有了外遇的女人都不会呼天抢地喝农药抹脖子的，除非那些特别没有自信的女人，像本人这样既自尊又有独立精神的新女性（新女性这个词使我精神一振，就像一道应声而起的亮光，从我脑袋的七个通道长驱直入，瞬间就完成了能量的转换，有点像扣扣看的动画片中菠菜一吃下去身上立马就长力气，新女性的自我暗示正是这样一种特种菠菜，我从这棵菠菜中感到自己一下充满了力量，坚定无畏，容光焕发），不光不会呼天抢地，反而会有把丈夫的外遇拿来开玩笑的心情。

这就是我在婚姻这个大口袋上剪的另一个洞，这个洞的实质是把剪刀递给闵文起，让他把自己的洞剪得更大一点，以便把整个身子探出去，舒舒服服地跟别人贴在一起，免得这样半探着身子，半蹲半跪，既不方便又不雅观。干吗当红嘴鸥和鸵鸟呢？还是站直做人比较好。我当时就是怀着这样的心情给闵文起剪洞的，事实上我的心情未必就像自己现在所说的这么轻松，这么无所谓，我掌心和手指紧贴着剪刀把，铁质的坚硬和冰凉切肤地传导到我的心里，我的心也变得跟铁一样冰凉，凉透心，毫无伸缩的余地，只有一个心变冷了的女人才会去毁掉自己的生活，她手握剪刀，双手用劲，坚硬的布袋发出吱吱的声音。

我对闵文起说，既然这样，我们就离婚吧。

闵文起说，最好不要离。

我说正好相反，一定要离。

事情就是在这么简单的两句话中定型的。离婚的手续也大大简化了，简化到根本不需要激情，换了从前，那种旷日持久、你死我活、舆论压力、单位调解，绝对需要激情才能坚持下来。

我对这件事自始至终的感觉就是：厌倦、厌倦、厌倦。

我不知道离开闵文起会带来一连串后果，我现在才清楚地看到，闵文起就是我的命运，我认定我被解聘的主要原因就是因为我没有依靠，当初我就是因为闵文起的关系去的时报，现在我跟闵文起没有关系了，就像一颗松掉的螺丝，别人毫不费劲就拿掉了它。我本来不明白，单位五六十个业务人员为什么只解聘了我一个，单位又不是私营企业，而是正规的国家单位，我也不是临时招聘人员，而是正规在册的业务干部，也不存在什么效益不好人员过剩的问题，而且据说马上就要扩版，还要从社会上招聘。现在我忽然明白了这样一个道理：单位要改革，但是裁人只能裁没有背景的，不然就会有麻烦，别人都弄不动，结果全单位就只裁了一个能弄动的，没有背景、没有势力、手无寸铁的，虽然这个不是最出色的但也绝不是最次的，而且还老老实实干活。但是不解聘这个人又解聘谁呢？

如果我知道离婚会导致失业，会落到养不了扣扣这一步，我是绝不会主动提出的，我需要自尊，但我更需要生存。闵文起不是一个没心肠的人，如果他知道我被解聘，他一定会尽他最大的努力帮我找到一份像样的工作，但他离婚不久就下海到广东惠州去了，一直没有音讯，连扣扣的生活费都没法寄来，如果不是母亲把扣扣接回去，我的一点工资请了保姆就连吃饭都不够了。

有人说性是婚姻生活中至为关键的一环，如果性生活和谐，任何外部因素都不会导致离婚，这是男性独身者许森对我说的。这话使我大吃一惊，我压根儿想不到，性在男人的生活中有如此举足轻重的地位。

私人诊所

私人的妇科诊所遍布在深圳的高楼之间，像沙子掺和在水泥之中，这是像深圳这样一座城市所必需的设施，就像公共厕所一样，比公共厕所还重要。

离深圳不太远的省份，那些小城市或县城里的医院、妇幼保健院的妇科医生或护士，她们中有一些艺高胆大者，以及一些艺虽不高胆却大者，背负着私人诊所这个唯一的理想以及发财致富的隐秘心愿，辞了职或者提前退了休，倾囊而出奔赴深圳。私人诊所，这是一个多么激动人心的词汇，它已经在我们的生活中消失了几十年，几十年就像上千年那么久，凡是没有在我们周围出现过的事物，它们消失了几十年和上千年没有什么区别，私人诊所只是我们的祖父一辈人目睹的事物，它跟祖父的祖父的祖父的口里说出来没有什么两样，全都是沙漠中的海市蜃楼，悬挂在天边，跟我们毫无关系。现在它忽然从天边掉落下来，抵达它的路途依稀可见。

充满了热情和野心的女人，把单位的种种不如意抛在了身后（私人诊所就是梦中个人的天堂，不必开会、挨批评、罚奖金、与同行明争暗斗），顿时身轻如燕，一路坐着火车或汽车，风尘仆仆、腾云驾雾、精神亢奋地来到深圳，她们用一个人或几个人的毕生积蓄，打通关节、租下门面、拿到执照，天堂的大门哗啦啦地就打开了，她们只需买一张产床或两张产床就够了，只需买几件手术器械、一点常用的消毒药就够了，床单铺上，消毒锅冒着蒸汽，把一块白色的布帘拉上，各式器械在这块私人的领地里去尽了单位的枯燥与沉重，发出优美的叮叮之声。

一个女人的雄伟理想就这样实现了，她没想到真的就这样实现了，只需从小县城来到深圳，只需跑跑腿（并没有跑断），把钱拿出来（虽然花得精光，但很快就会回来的），真是比她想象得容易得多，这是一个意志坚强并且带有一点狂想激情的女人，她辞职的时候横下了一条心，准备上刀山下火海开创她的事业，她在亢奋之中把石头当作山，只需出一分力的地方她也要出十分力。于是事情办下来的时候她甚至有点纳闷，好像赴汤蹈火的心愿未了，事情的经过反而觉得平淡。

实现了雄伟理想的前助产士在她窄小的门面挂出了一个大大的招牌，白底红字，上面是两行坚定的宋体：无痛人流、放环。然后她坐在一张正对着门口的椅子上，等待那些心怀鬼胎的女孩子来到诊所的门口并在那里徘徊。

任何女孩子，只要在这里放慢了脚步，前助产士就会像鬼一样突然出现。她一脸年富力强的细小皱纹（跟那种因憔悴和疲惫而生的软弱无力的皱纹绝对两样，我们应该看到过，确实有一种皱纹充满坚毅、信心以及不容抗拒的吸引力）和她浅浅的笑意像一面墙落在女孩的面前。

她对女孩说：不要紧的。

那些心里有事的女孩子一听就听懂了这句没头没脑的话，它就像一张干净柔软的床直接落到女孩的身边，虽然简单却充满了舒服的气息。而这个心里有事的女孩已经疲惫不堪，紧张万分，如同惊弓之鸟，她恶心想吐人很难受，一路忍着难受走过了几条街道，她们毫无经验，不知道怎样才能把这个事情做掉。女孩脑子里一片茫然，街道和高楼茫然地连成一片，犹如浓雾之中的悬崖。这时女孩听见有人说：不要紧的。

这句很普通的话在这样一个特定的时刻轻易就变成了别的东西，它来自一个女人的职业习惯和职业伎俩，它一百遍地从这个女人的嘴里说出，比口水还要普通，它出发的时候只是四个语音，但它中途就变成了四条腿，落到那女孩耳朵的时候已经变成了一张舒服的椅子，女孩不假思考就坐在了上面。

女人说：一点都不疼，一点都不疼。她说先交钱，放环八十元，人流三百至五百元。女人坐在诊所正对着门口的椅子上，心里默念着这三个数字，目光炯炯。

关于南红　八

南红有一天就来到了这里。

那是她生日的前一天，这一天她忽然心血来潮想到去放环，一个金属环放在身体里就能从容、安全、不受制于他人、免受侮辱和疼痛，那些冰冷的器皿、巫器、刑具、祭器的混合体，刀、刮、撑开的工具、酒精的气味、身着白大褂的狠毒的巫婆（它们常常在应该来月经而又没有来的日子里伴随着噩梦来临，它们隔一段时间就要来临，它们在噩梦或幻觉中被夸大和变形，以加倍狰狞的面目和令人头晕的速度在我们头顶盘旋，并发出苍蝇那样的嗡嗡声。它们一次又一次地来临，像彗星掠过地球）从此将远离我们的日常生活，这是多么的好！

南红听别人说，放环是一件非常简单的事，最多十分钟，一点都不难受。她来到这里，听到了同样的一句话：不要紧的。

诊所女人的这句话开启了无数女孩的人生，她们从这扇平凡的门一骨碌地滑下来，有许多人滚到了安全柔软的草地上，毫发无伤，也有人跌到水沟里或撞到石头上。那个撞到石头上头破血流的人就是南红，她疼痛不止，冷汗直冒，脸色迅速变成了土黄的颜色，她像一只快死的病猫缩在产床上，根本下不来。

前助产士说：环已经放上了，你要是自己回不去，我可以帮你打电话找你男朋友来接你。

前助产士说：不会有什么问题，回去躺躺就好了。

电话号码到底在哪里呢？她翻着南红的衣服问，又说，总不至于没有男朋友吧，没有来放什么环！

南红缩在产床上，觉得自己就像被什么人装进了一个叫作"痛"的容器里，彻头彻尾被痛所覆盖，那些跟痛没有关系的东西统统被隔在外头，她身上一层冷汗，从里到外地痛，那个女人的话还远远地在这个容器之外，她听见一些陌生的声音（水声、收拾器械的叮叮声，以及说话的声音），在这片隔着一层东西的声音中有一些词跳出来撞到离她近一些的地方，"男朋友""电话号码"，她的痛阻隔了这些词，使它们连不起来，她不知道它们跟自己有什么关系。

女人再次走到她跟前，分开她的双腿看了一下，她就像一个揳入容器的不速之物，把空气中那种跟"痛"有关的气体搅得流动起来，刚刚麻木一点的痛觉顷刻聚集起来，它们迅速集合，从两腿之间到下腹，那里有一个铁的圆环，发送着一种类似冰冷的灼热，或者是灼热的冰冷，一种锐利，但并不是单一指向的疼痛，它三百六十度地将锐不可当的疼痛发送到发梢与指尖。

女人的脸在她的上方，她的嘴对着南红的腹部说：把你男朋友的电话号码给我。这次女人的话由于伴随着新的痛感而刺破那隔着的一层东西，南红听见了她的话，但她痛得直吸气，说不出话。

女人从南红的手袋里翻出一个电话号码本，南红自己找到史红星的呼机号。诊所女人进进出出，她说你咬咬牙躺到那边的一张床上去，不然一会儿有人来了不好办。

史红星一直没有复机。呼了三四次还是没有复机。

诊所女人重新坐到了正对着门口的那张椅子上。

天阴了下来，街上行人稀少多了。没有女孩停留在诊所门口。

女人懒懒地走到里屋，怜悯地看南红，说：天快下雨了。她又踱到厨房，指挥小工煲鱼头汤。南红明白，已经到了吃晚饭的时候了。

她挣扎着穿好衣服，又在床沿侧躺了一会儿，再挣扎着挪到大门口。她弯着腰蹲在路旁，等着了一辆车。

到家的时候才下起了雨。

酱色生活

现在当我想到婚后几年的忙乱生活时，我的眼前就会出现一幅高密度的物象无限重叠的图景，我看到无限多的锅碗瓢盆、案板水龙头、面条鸡蛋西红柿、衣服床单洗衣机以及更多的别的什么重叠在一起，它们毫无规则密不透风地堆积，就像一件刻意反艺术过于前卫的装置作品，又像一幅以这片堆积为素材的前卫油画，它的构图跟装置作品完全一样，只不过后者是实物，每种物品呈现它们本来的颜色，锅是铝质的碗是瓷的水龙头是铁的，面条就是面条的颜色，西红柿在这堆颜色中呈现一种怪异的红，而在那幅我臆想的油画中，所有的物品全都是同一种单一的颜色，一种介于土黄和酱黄之间的棕色，我不能准确地描述这种颜色，但我不用抬头就看到了它们，无论我从哪个角度看过去，它们重叠的程度都是一样的，这是一幅无法审美的图案，它浓缩了我五年的生活，当我置身其外，我还感到头晕和窒息，但我从前在它们之中却过了整整五年。我置身其中，睡觉、吃饭、做菜、洗衣服，我的头顶是锅盖，鼻子尖顶着锅铲，左边的耳垂挂着去污粉，右边的耳垂挂着洗洁精，左边的脸颊是土豆，右边的脸颊是鸡蛋，我的肩膀一碰就碰到了大白菜，它富有弹性凉丝丝的帮子在我的皮肤上留下的触感一直延续至今。

在这样一幅布满了陈旧的酱黄色的超现实图画之外是一些生活的噪音，当我心烦意乱、对生活充满敌意的时候，那些锅碗瓢盆的声音像垃圾一样乱七八糟地堆在一起，让人分辨不出具体的声音，噪音就是这样形成的。在有的时候，当我心情比较平和，当我观望这幅耳垂挂着去污粉的奇怪图案时，它们的色彩会渐渐复原，由酱黄的颜色变成米黄、变成米白，在米白这种朴素轻盈的颜色上每种物品的颜色迅速复原了，它们不是复原到我过去生活中的样子（生活灰扑扑的，所有东西一进入生活就会变得陈旧，只有电视广告或者画册上的东西新鲜光洁，给人一种虚假的美感），而是往前走得更远，恢复到它们在商店或者在菜园里本来的颜色。这时我看到的就像是多媒体电脑中图像清晰色彩鲜艳伴有音乐的一个画面，它在教孩子们认识水果和英语，fruit，一大盆水果，音乐响一下，其中的一种应声而起，在空中跳一跳，回到果盆里，变成了一种新的颜色，苹果跳一跳，变成红的，再跳一跳，变成了绿的。

实在有点扯远了，这是因为昨天我百般无聊，在大街上乱走，站在一个电脑商店透明的大玻璃前看到了那些鲜艳的画面。当我继续回想我的生活时就免不了受到它们的影响，那幅物品密集的生活图案在某些时候会变得像多媒体的画面一样虚假和可爱。钢精锅跳一跳，变回商店橱窗时代那样亮闪闪的，甚至亮得有些晃眼；西红柿从陈旧的颜色中跳一跳，马上变得像它的菜园时光一样鲜红，闪耀着太阳的光泽；黄瓜也还原为绿色，甚至还有顶上的小黄花和清晰可见的茸毛。我知道，这意味着再枯燥乏味的生活也有美妙的瞬间。

皮影或动画

与那一片酱黄色相对的是一个灰色的院子，我在工作日里像一个皮影戏的人物那样没有重量地动来动去。

皮影化的过程从早晨挤公共汽车开始，一挤公共汽车，吱的一下，立马就变成了皮影。我们常常在车上听到有人抱怨：挤什么，都快挤成照片了！皮影就是公共汽车上无数照片中的一种，只不过比照片更薄更不独立，唯一的优点是还能够动作。

皮影林多米从公共汽车里挤出来，走进办公室，桌上一堆乱七八糟的稿子从她的头顶进入她的身体，曲曲折折地充满了她身体中那些原本是肌肉和骨骼的地方，她的身体开始鼓胀起来，透过她薄而透明的皮肤可以看到不少平淡无奇的词组和句子在她的身体里冲来撞去。在某些清闲的日子里，这些平庸乏味的句子无聊地在她的身体里漂浮，像一些古怪的被虫子咬过的羽毛，无聊地漂来漂去，红色的墨水从她的指尖流进去，有些字被改成红色的字。而在另一些繁忙的日子里，稿子从头顶直灌而入，它们像垃圾袋里的废纸一样被挤得紧紧的，一点空隙都没有，这时候的林多米看上去就像一只透明的垃圾桶，里面是各种质地的废纸，它们的词句、对与错、好与坏统统挤压在一起，分不清彼此。

然后，阅读加工过的稿件从四肢末梢排泄出来，送到主任大弯的手里。

然后送给主管主编。然后在编前会上宣读，然后送到照排车间，然后画版，然后是一样二样贴样清样。在三四天的时间中，如果我们要集中再现林多米在职业中的忙乱情形，有必要把皮影变成动画，从形式上看，皮影毕竟比较平面，空间有限，无非是从这头到那头，再从那头到这头，在加快的速度中变得无趣。而把林多米所在的环境变成动画的环境，把皮影林多米变成动画林多米，事情就会变得有趣得多，也不失其概括性。

我们将会看到在那个迷宫的巨大院子里，部机关的十二层高楼灰而巍峨，此外还有气派非凡的院中院，低矮而紧密的灰色矮墙、飞檐的屋顶、朱红色的门，如果屋顶是黄色琉璃瓦简直就跟故宫的偏殿相去不远，这样的小院不用说就是部长办公所在地。《环境时报》在高楼旁边的一排简易平房里，墙壁和屋顶都是用简易材料（瓦楞板什么的）做成，它又瘦又矮。就像是高楼吐出的好几口唾沫。

在这幅一目了然的全景图中，动画林多米像一只虫子一样跳来跳去，从一间平房跳到另一间平房，穿梭不停。她的路线互相交叉，像一团乱麻，在我们看来实在没什么意思，不知目的何在。我们还看到，在这座迷宫般的院子里，在高大的树木和房屋之间，林多米更像一只忙碌的蚂蚁。

她的头发因为忙碌而缺乏料理，因为睡眠不足而有些干涩发黄，她用橡皮筋随便扎在脑后，这是一种最普通最没有味道的发式，是所有有年幼的孩子又有繁忙工作的女人共同的发式，它比二十世纪五十年代的齐耳短发还要方便，短发隔一段时间就要去剪短，这种马尾巴就没有这样的麻烦。

这个自从生了孩子后就没有时间收拾自己的女人，嘴唇干涩、脸色灰黄，身体干瘦，由此我想到，这个迷宫般的院子一定存在着某种场，专门吸收人特别是女人身上的水分，它缓慢却从不中断地干这件事。

她总是穿着灰色的衣服。浅灰的T恤、铁灰的灯芯绒裤子、黑灰的羽绒衣，各种不同的灰色跟随她穿越一年四季，它们像深深浅浅的灰尘堆积在她的身上，这使她看起来常年灰扑扑的。

这种对灰色的钟爱有什么特殊的理由吗？是因为灰色耐脏？还是心情灰暗没有亮色的体现？抑或是她天生就不爱张扬？

没有人会想这些。人总是对时装感兴趣，对那些引人注目的东西、对新鲜的质地和款式又摸又捏，远观近赏，回味不停。灰衣女人在迷宫般的院子和人群中走来走去，沉默不语。

我们觉得她有点怪，常年穿不起好衣服我们又有点可怜她，特别是她离婚后我们更是可怜她，我们担心她找不到一个可以再婚的男人，也找不到一个不结婚但可以帮帮忙的人。我们在办公室里看到她在窗外走来走去送稿子，总是止不住要议论几句，但我们之中从来没有人知道她为什么离婚，她从来不跟我们诉苦，从来不说。她跟我们不一样，我们没有办法保护她。

我们听见这个灰衣女人在编前会上念稿子的声音像老鼠一样，这样的情景在我们看来就像时快时慢的录像，她的声音在快进时变得吱吱嘎嘎，如果我们把她的声音和她灰色的衣服结合起来，如果我们有着正常的联想能力，我们就会十分恰当地把这个女人看成是一只老鼠，她本来就又矮又小，走路又只看地上，而且受惊似的匆匆忙忙。

我们很想把这点联想传达给她，面对一只老鼠，人总是有优越感的，如果她知道我们这种无聊的联想，我们的优越感就会更确定一点，这是多么的好！这时我们发现我们中间缺少一名小说家，好把我们的发现写出来公之于众，我们有的时候盲目地崇拜铅字，就像我们崇拜物质，变成了铅字就更加可靠更加牢不可破了。

这个女人的莫名其妙之处还在于开会从不发言，在每周一次的例会上，我们每一个人都发言表示如何做好一个人，只有这个灰衣女人目光恍惚，神不守舍，她从不表明自己准备从哪几个方面着手做一个人，如果大弯点到她的名，她就会像被马蜂蜇了一口，然后含含糊糊，支吾几句。这是她自甘在老鼠的路上越走越远，不过，在例会上由于这个女人的静止不动使她看起来更像一只蜘蛛，灰色的蜘蛛，一动不动，阴沉，沉默，令人讨厌。我们甚至觉得她会结网，结得密密麻麻。一层又一层，搞得我们一看就头晕，一想就头疼。蛛丝紧紧地缠绕着她，阻挡着我们的视线，我们知道，只要一走近这个女人，无形的蛛丝就会粘着我们。

灰衣女人在画版的时候就是蜘蛛吐丝的时候，她低着头，弓着背，在桌面大版式纸上，将线从一头画到另一头，再也没有比这个人更像蜘蛛织网的了,她一次画版下来比我们所有人画的线都要多得多,她画错了擦掉,擦掉了再画,各种隐形和显形的线交叉重叠在一起,粗细不一。

我们总是预先就知道了结局,这个灰衣女人简直是太不聪明了,不管她画多少种线都不会顺利过关的,只要她交到大弯手里审查,大弯就会在一分钟内向她咆哮,如果她把线画细了,大弯就说太小气了,如果她画粗了,大弯就说太粗笨了。

大弯在这个时候身上就会微微发出一种塑料的声音,从他骨骼的缝隙间发出来,通过皮肤上的毛孔散发到空气中,在声音发出的同时,还会伴随气味,也不是正常的气味,而是塑料烧焦的气味。

一开始我们并不知道那是一种什么东西发出的声音,沙咻沙咻的,有时一整天回响在屋子里,有时好几天听不见。这种奇怪的声音从大弯的肋骨间发出,沙咻沙咻地响,越靠近大弯听得越清楚。

有一次灰衣女人在这种声音响起的时候说:塑料。

灰衣女人精确的判断力并没有改变她的地位,相反,这只能使她更糟。身体里发出塑料的声音是大弯的隐私,谁发现了这一点还明确指出来肯定没有好果子吃。

不过这只是她厄运的源头之一。

我们旁观者最清楚，除了塑料的原因，还因为大弯本人对版式失去了判断力，他失去判断力是因为每次开会他都会当众受到领导的粗暴批评，越批评他就越失去判断力，越失去判断力就越受批评。大弯陷入了这样一个恶性循环圈中，越陷越深，不能自拔。

大弯实在太想当正处长了，他在副处长的位置上干了二十年还没有扶正，实在是天不长眼，大弯没有任何不良嗜好，不吸烟不喝酒，不好女色，不开玩笑，不随地吐痰，勤洗澡勤换衣，不脏不臭，不胖不瘦，还出过一本书，到底领导为什么不喜欢他，我们谁也弄不明白。我们知道这个问题折磨了大弯有整整二十年了，它是大弯的命根子，关系到大弯的住房和儿子的就业。这个念头（或者叫追求）的根系遍布了大弯身上所有血液流动的地方，它们越长越长，越长越多，从他的心脏出发，一直长到了他手上的末梢。如果谁的眼睛有透视的功能，就会看到大弯的身体是一株庞大的根系，根系多得惊人，每一根细须在他的体液中杂乱地漂浮，活像大海里的水母。这遍布身体各个部位的庞大根须本该相应地长出一棵大树才合适，但它既没有枝条和树叶，连一个芽瓣都没有。这种没有成果的状况使他体内庞大的根须更加触目惊心、徒然、盲目。

陷入在怪圈中的大弯还能怎么样呢，他只能无端地冲灰衣女人咆哮，对这样一个在部门中地位不高又没有后台的人咆哮，以向领导证明他的管理魄力，这是大弯走的一条死胡同。他明知走不通也要拼命往前撞。有时候我们觉得这其实也是壮怀激烈、可歌可泣的业绩。

灰衣女人的厄运就此降临了，不管她怎样画大弯都不能一次通过，总要改了又改，她的铅笔尖落在涂改过的纸上，发出刺耳的嘎嘎声，有时候她画着画着头发就落了一层，头发和铅笔线混合在一起，比蜘蛛网还要难以辨认。这个女人是另一个陷入怪圈的人，她在一次次的涂改中早就失去了判断力，大弯的咆哮更是使她分不清好坏和对错，她越是分不清就越是想要分清，所以在她画版的时候总是要请教张三或李四，不管是李四还是张三的建议，只要经过她的手画在版式纸上，就仍会不可避免地招来大弯的一阵号叫。我们甚至怀疑这个女人是某种类型的女巫，碰到什么东西什么东西就会死，她碰到什么什么就变糟糕，或者说她的巫术就是故意把什么东西都弄糟，把大弯激怒，使他像木偶一样蹦起来，我们的依据是面对大弯的呵斥，灰衣女人居然无动于衷，她连眼皮都不眨一下，我们很愿意看到她掉下眼泪来，但我们总是愿望落空。

灰衣女人的眼泪、老鼠的眼泪、蜘蛛的眼泪从来就没有掉下来过，这是我们的旁观生涯的一个巨大缺陷，没有眼泪，没有悲伤，也没有愤怒，生活中就会没有高潮，没有高潮的生活是多么乏味令人难以忍受。

关于单位的事，我常常会搞不清楚到底哪些是噩梦，哪些是回忆。那些在我视野里出现的皮影、动画和蜘蛛是谁？那个灰衣女人是谁？"我们"又是谁呢？

眼泪

南红说她到四十岁再说，到时候想结婚就结，不想结婚就算了，反正怎么都是活着。她摇摆不定，情绪不稳。有时候极端消沉，说还不如死了算了，有时候又说怎么都是活着，活一天算一天，还有一些时候，往往是她精神好的时候，这时候她刚刚睡醒一个好觉，脸上有了一些光泽，还有一点若隐若现的红晕，她梳洗整齐，照了镜子，就仍会生出无数幻想，对她来说，幻想就像浓厚乌云之下的落日，使乌云变成晚霞，但同时更像回光返照，在瞬息之间失去最后的光芒。

后来，当我在北京听到南红的死讯，在骤然而至的寂静中，我一次又一次听到南红嘶哑而不顾一切的号哭，她的哭声像一道长而深的伤口，鲜红的液体从那里涌流出来，我不知道为什么会有这样的幻象，我从小害怕鲜血，我对害怕的东西耿耿于怀。同时无论在N城还是在深圳，我很少看到南红的号哭，她更多的是小声的哭，抽泣，躺在床上流泪。

现在她的眼泪同时就在我的脸上，它们在黑暗中闪着微光，它们的来源是心，心在疼的时候，因为收缩就小了一点，那少掉的一点就化成了液体，那是十分古怪的液体，因为疼而增殖，它不停地生出泪水，从我们的眼睛流出来，这时我们的心就会暂时舒服一点。它与冷汗不一样，冷汗来自骨头，它来自心，心柔软而灼热，所以眼泪总是热的，人们称它为"热泪"。它们遍布在我们的生活中，就像青草，总是要长出来，一切都是它的养料，爱情、职业、孩子。

在黑暗中孤独无依，她怎么才能不哭呢？我希望有人能够告诉我，一个人近中年、离了婚、被解聘的女人，怎么在养活自己和孩子的同时变得强大起来？

南红的死混杂在我求职的失败中，她因失血而苍白的脸悬浮在我独居的房间里。

就是这样我们的眼泪落到了脸上，它迅速变得冰冷，空气中有一点微弱的颤动，泪水马上就感觉到了，它比皮肤还要敏感，就像擦破了皮的肌肉，有一丝风吹过都会疼，它把这种疼传到皮肤上，传到心里。南红哭的是她的一个巨大的秘密，她从来不说，一丝一毫我都无从知道。我不知道那是什么，无从证实，也不便询问，但它像一个黑洞，悬挂在南红的头顶上，把她往日的明快不动声色地全部吸光了。

我看不见那个黑洞。它是黑暗之中的一些黑暗的火苗，每个人的头顶都有，当一个人的头顶越聚越多，当它最终吞噬这个人的时候，我们才能感知它的存在。南红每一次哭都是为了她自己的毁灭，她在自毁的路途中痛哭，在她的哭泣中我看到了那个晚上。那个晚上她开始出血，她独自躺在黑暗中，后来她给自己煮粥，她晕头涨脑，神情恍惚。把洗衣粉当作食盐，吃下去之后肚子剧痛，晕了过去，第二天早上才明白是放了洗衣粉。她说她就是这一次感染上了盆腔炎，疼得走不了路，史红星抱她上医院住了十几天。她的工作就这样没有了，史红星不知去向。后来她辗转听说史红星嫖妓出事，从此再也没有见到他。

如此密集的事几乎同时出现，让人觉得不像是真的（我们总是相信戏剧但不容易相信生活，生活中的戏剧性事件一经转述，立刻就变得虚假），但它们全都是真的。它们像无形的刀子落在南红的身上，但是南红说：我无所谓。

她哭过之后就在床上坐着，她对着空屋子说：我无所谓。

牙蕾与奶渍

我没法跟南红谈论扣扣。我一直认为，有孩子的女人跟没有孩子的女人是两类女人。

去年冬天她到我家来，在十分钟内问了我扣扣三次，我刚告诉她她又忘了，过了一会儿又问：你女儿呢？到最后一次连她自己都发现了这种心不在焉。我三十岁前也是这样，对已婚妇女一见面就谈孩子感到十分无趣，她们从孩子的第一颗牙蕾谈到第三颗门牙的生成，三颗牙齿就贯穿了她们整个上午（下午）的时间，她们有时是在上班，办公室，或者是电梯里；有时是没在上班，她们手里打着毛线活，或者择菜淘米洗一大盆衣服，或者是排长队买东西，这时候她们就要说东说西，不管扯到多远，总要说到孩子，只要是真心当母亲的人，孩子就满满地盛在她们的心上，满到从嘴里溢出来，它们不断地出来，一个孩子变成了无数个孩子，这无数个孩子又都是一个孩子，孩子和孩子连成一片，成为光，漫布在她们平凡的日子中，把她们菜上的泥和老叶，把淘米水上的一层浮糠、无穷无尽的毛线——照亮。

牙蕾也是这样，它横穿在母亲的时间中，从肉里一点点长出，它坚硬、锐利、闪着光，它是牙齿中的牙齿、白色中的白色、星星中的星星，它在孩子小小的柔软的嘴里，伴随着一阵香气明亮地生出。我意识到这正是我扣扣的第一粒新出的牙蕾，它一声不响在几千里之外和三年前，我的手指触碰着它，在触碰中有倒退着的时间吱吱作响掠过我的头发，而扣扣的气味从这粒牙蕾上徐徐散发。扣扣的气味是一种最新鲜、最纯正、最娇嫩的香，它同时是水果、甘泉、面包和雨后的青草，靠近它就像靠近天堂。我看见她光滑的牙床在上下用劲，这与她往常以吸吮为主的动作相比，实在是一场革命，我迅速想起她那几天不爱吃煮烂的面条，而对有点硬度的饼干感兴趣，这使我想起一个词：磨牙。

这个词本来跟我毫无关系，但现在它跟我的扣扣连在一起，顷刻就变得可爱极了，它从一大堆沉睡的词中跳出来，带上了一种童稚的趣味，让我禁不住微笑。在任何时候，当我碰到磨牙这个词的时候，我的眼前就总是出现一幅老鼠娶亲图、小松鼠搬家、熟睡的刚长牙的婴儿这样一些祥和亲切的景象，而"磨牙"就像一顶小红帽，分别戴在老鼠、松鼠和婴儿的头上，在这些可爱的小脑袋上来回跳荡。

扣扣的牙床光滑柔嫩，口腔里空无一物，我说：扣扣，让妈妈看看你长牙了没有。她小嘴里的奶香一阵阵地扑到我的脸上，我不断地深呼吸，一边掰开她的嘴。我说扣扣真香。扣扣只有半岁大，她不会说话，我不知道她能不能听懂我的话，她的眼睛很懂事地看着我，一动不动让我捏她的腮帮子，我用一只手托着她的后脑勺，她坐在我的膝盖上，双脚顶着我的肚子。

我没有看到那颗我想象中的牙蕾，这本来不用看，喂奶时自然就会感觉到，但我已经有两三个月没有给她喂奶了，生下扣扣两个月我就去上班，本来每人都有六个月的产假，但我那时还属于借调人员，户口也没有从N城迁入，所以只能按另册处理，只休息五十六天，上班三天后奶水就变少了，越来越少，到两周的时候几乎就没有了。我给扣扣吃米糊，放一点糖，我把勺子举到她的嘴边，她张开小嘴露出粉红而饥饿的舌头，她大口大口吃米糊，到最后我就给她吃一口奶，但那天她没吃着奶，她使劲吸，这一徒劳的动作使她很快就累了，她吐出奶头哇哇大哭。

我感到胸前的乳汁在早上挤公共汽车上班的时候就消失了。本来它们的方向是从里到外，它们来自我身体的最深处，从血液和肌肉中滋生出来，而且跟扣扣的气味有关，不管我是抱着扣扣还是把她放在小床上，她的气味从我全身的毛孔和末梢、从头发和指甲盖进入我的身体，像一些小小的手，又像一些光亮和声音，如同一种召唤，就这样我体内的一些血液聚集到我的胸前，变成洁白的乳汁。我在睡眠中常常感到这种凝聚，它们行走的声音是一种悦耳的"咕咕"声，它们一滴一滴，形状美好，从殷红到乳白，一滴一滴聚集在我的乳房里，睡觉之前我给扣扣喂奶，喂完之后乳房变得柔软轻盈，睡着之后它们就来了，它们沿着隐秘的线路穿过肌肉的缝隙到达我的乳房并停留在那里，我在睡梦中看见它们乳白的闪光同时感到自己胸前的坚硬和沉实。

上班的日子一开始这种情况就改变了，对于上班和不上班，乳房的反应最敏锐，它处在身体最凸出的地方，最先感到空气比往常更为快速的流动。上班就意味着从早上六点半开始所有的动作都要比平常快一倍，甚至从睡眠开始，神经就要绷紧，等待电子闹钟的嘀嘀声。我担心它声音太小自己醒不来，声音太大又会吓着扣扣，我在梦中竭力看表，梦中的力气总是不够，达不到心里所想的，梦中的力气被禁锢在身体之外，或者分散在身体的各个点，缺乏有效意志的聚集，它们之间互相没有联系。这使我梦中的力量构不成指向，我的意志命令自己起床，我使劲使自己的身体向上，但我发现这个身体无动于衷，半点动静都没有，我成了一个只有念头没有身体的人，我的念头在将醒未醒之际撞来撞去，然后我就有点醒了，这个时候分散在身体的各个点的力气也开始苏醒过来，但我还是不能聚集它们，它们各自朝着地心引力的方向下落，这使我的整个身躯也跟着下沉。

六点半！不管我的四肢多么沉重，只要意识到这个数字，我就会奋起挣扎，在挣扎中积聚起疲惫的力气。在半清醒的状态下挣扎起床。跟晕车的感觉相似，所不同的是，晕车必须紧闭着嘴，一张开嘴就会呕吐，而起床的时候总是要大打呵欠，仿佛呵欠可以增加力气。我晕着头摇摇晃晃地穿衣服，半闭着眼睛，动作常常不能一下落到实处，但是我知道六点半了，六点半是一根绳子，垂在我的上方，而我的头顶早就长出了一只坚固的钩子，这个钩子的名字也叫六点半，这两个相同的六点半迅速而准确地勾连在一起，它们齐心合力地把我往上拉。

我摇摇晃晃地趿着鞋上厕所，闭着眼睛坐在马桶上，然后我一阵风地刷牙洗脸，用隔夜的开水冲一杯红星牌奶粉，我把扣扣的饼干胡乱塞到嘴里，同时对着镜子梳头，好在我的头发是最简单的马尾巴，只需胡乱在脑后扎成一把就行，没有孩子就不会明白为什么有孩子的女人不是把头发剪得很短就是随便扎成一把。临走的时候我忽然想起要往乳罩里垫上一点卫生纸，根据我两个月的经验，我知道自己的身体根本存不住奶水。有一两个小时不喂奶就会自动流出来，晚上这种情况尤其明显，睡前我总要往胸前捂两条毛巾，一边一条，即使这样，我还是常常被胸前的一片冰凉弄醒，那时候我还没有听说过柔软剂这回事，这两条毛巾很快变得僵硬发黄，它们硬邦邦地摩擦着我的乳房，就是这时候我发现乳房的敏感度大大增强了，我把这两块硬毛巾放在腿上和手臂上，都没有感到有什么特别的不适，这使我进一步确认了这个发现。

乳房什么时候变得像鼻子一样灵敏，又像舌头一样怕疼的呢？这新的一页完全是扣扣揭开的。关于乳房在女人一生中三个阶段的定位，在民间早就有了广为流传的说法：结婚之前是金奶，结婚之后是银奶，生了孩子是狗奶。不用说这是男人们的看法。

但某些女人绝不这样看。她确认女人的乳房越到后来越神奇，经过孩子的吸吮变得锐利无比，平添一份对外界的感受力，综合着眼睛的明亮和鼻子的灵敏，同时具有视觉、听觉、味觉和触觉，是女性神秘直觉的来源之一（这使我联想到某个神话，想到世代相传，像大海一样苍茫的神话流传中一定有一个隐秘的神话，从女性的体内诞生，在几千年的无知无觉中流传，在某些神秘的时刻，像珍珠一样照亮大海）。我往乳罩里塞卫生纸，有点像经期往下身垫卫生纸，这是一个我以前没有想到的动作，事到眼前就无师自通了。在月子里听母亲说过，我身体太弱所以存不住奶，有一点奶水就会自己流掉。但她没有告诉我上班的时候怎么办，扣扣满月的第二天她匆匆忙忙回老家了。

垫纸的时候我忽然想到了我以前看到过的哺乳期的妇女，她们胸前鼓鼓囊囊像袋鼠一样难看，邋遢，鼓起的地方总是湿一块，这种形象从农村到小城，在有女人的地方司空见惯，我年轻时常常视而不见，或者是在看见的同时马上就忘掉了，觉得这是一件跟自己没有关系的事，起码要等到下辈子才可能变成胸前鼓鼓的袋鼠。我想我只要不结婚不要孩子怎么会变成袋鼠呢，而我年轻时决心不要孩子的隐秘理由之一就是担心自己变成一只难看的袋鼠，但是她们说，现在你还年轻，等你三十多岁你就不会说这样的话了。

诗人余君平

形同袋鼠的女人在我眼前晃了二十多年，有一天我忽然看见了她们中的一个，她胸前的奶渍清晰无比，近在眼前。那块奶渍不知为什么在那个时刻变成了一种奇怪的东西，变成一块石头，携带着能量，冷不防迎面打了我一下，我一时觉得它跟我有着某种特殊的联系，跟我和那个女人的共同命运有关。

那是一位女诗人，当时三十九岁，她曾是G省最优秀的诗人，她那些未能发表的通过半公开的途径流传的诗作，即使拿来跟国内同时期的其他诗人相比也毫不逊色，但是她没有这种机会，她年龄偏大，长得也不够好看，这一点据说相当重要，在这个遍布着男人目光的世界上，一个不好看的女人要取得成功真是连门都没有，文坛更是一个好色的文坛。她不光相貌平常，名字也没有供人遐想的余地，叫余君平，完全中性，她也不取笔名，若取一个漂亮名字，很有可能就会引人注目。这使我想到了G省的另一个女诗人雅妮，本来我已经完全把她忘记了，雅妮的诗比余君平差一到两个等级，但诗运硬是比余君平好两倍。雅妮是桂林人，我曾经见过她一次，我想她那么楚楚动人地坐在那里，谁又忍心说她的诗写得不如余君平呢？我总是听人说，某某很欣赏雅妮，某某这样一个如雷贯耳的名字，远在京城，我们连够都够不着。

这样的事实使我黯然神伤。

多年来，余君平连同她胸前的渍痕就像我身体里一道隐藏至深的伤口，我不知道她现在在干什么，变成什么样子了，我估计她可能已经完全不写诗了。生活最初的形状就是那块奶渍的形状，它隐藏在那里，并从那里出发，一点点吞噬诗人余君平，它又像一只吃掉太阳的天狗。这只天狗不是别人。正是她的孩子。这个孩子在她三十九岁的路途上等着她，等着诗人余君平，等着把她变成一个母亲。孩子又瘦又小，早产，生出来只有二斤八两，放在暖箱里养了一个月，吃什么都吐，有众多的禁忌，不能吃苹果泥，不能吃鸡蛋黄，能吃的东西也只能吃一小口，在整整一年的时间里只能靠母乳。后来又过了几年，余君平告诉我，在孩子三岁前，她几乎没有一天正经梳过头，每天都蓬头垢面。我想象一个憔悴苍老头发蓬乱的余君平，觉得那个使劲吃大拇指的孩子是一个巫孩，使了一种巫法，把余君平变成这样一个比真正的袋鼠好不了多少的丑妇。

我看到余君平胸前的奶渍的时候是二十世纪八十年代中期，她的孩子刚刚五个月，G省在一条著名的江边开一个笔会，诗人余君平挣扎着从母亲余君平身上分离出来，她说我好久没有写过诗了，连诗都读得少了。她看见谁都新鲜，听到任何一个话题都新鲜，好像生一个孩子就退化了，退回到刚刚进入文坛的光景，她听见有人说"深度意象",她马上盯着问,有人说"深度抒情"她又盯着问。她总是想弄清楚这些她错过了的新名词,就好像一名停止训练的运动员,想要恢复心肺水平和肌肉能力而拼命加大运动量。她在这次会上读到了翟永明的一组新诗,她马上兴奋起来,眼睛里涌出了一滴泪水,我看到她身上的母亲瞬间就退到了远处,而诗人从她的身体深处一下站了出来,她本来不太说话,即使说也迟迟疑疑,缺乏自信,并且她常常在不同的场合重复同一句话:我已经有一年多没跟任何人谈文学了。但她读了翟永明的诗马上就找到了感觉,话越说越多,越说越快。

她说她要到四川去,她哥哥在重庆,她喜欢四川是因为四川有许多一流的诗人。她说她本来几年前就要去四川,曾经联系过一个文化馆,差一点没有成。她向我虚构四川,在虚构中我看到了另一个余君平,她站在重庆山城的某一盏灯下,长发飘飘(像那位现在还十分著名的女诗人),才情荡漾,而她的身后,在某一间窄小的小屋里,粗糙的稿纸上满是新鲜的诗句,而那个两斤多重的孩子是没有的,正如眼前剪着短发的余君平没有出现在那里。这种虚构一点也没使我感到虚假,我坚信,余君平绝对是有可能站在四川肥沃的土壤上成为一名第一流的诗人。

但她衣服的前襟渗出了奶汁。

虚构顷刻之间就消失了。那个早产孩子的哭声从君平远在N

城的家中发出，笔直地奔向这个开会的城市，孩子的哭声饥饿而嘶哑，不顾一切地从余君平的胸部进入她的身体，又从她的身体深处向外突围，这样我听见的婴儿的哭声就是已经被余君平的身体过滤之后变得古怪的哭声，有关天狗的联想在这片微弱而怪诞的哭声中油然而生。

诗人余君平的前襟出现了一块奶渍，她那在我的想象中飘扬的长发嗖嗖地缩了回去，变成了母亲余君平那剪得极短又很不讲究的短发。天狗就这样把诗人吃掉了。她从卫生间出来，一个晚上都没有说话。第二天一早余君平就提前离开了，她没有跟任何人告别。

你们已经看到

你们已经看到，我的思路总是不能长久地集中在南红身上，我想我纵然找回了我的语言感觉，我生命的力量也已经被极大地分散了。我极力地想完整地、有头有尾地叙述南红的故事，我幻想着这能够给我提供一条生存的道路。但我总是沉浸在自己的事情中，南红的许多事情都会使我想起自己，哪怕是跟我根本联系不上的事情，我在写到纸上的同时那种触感顷刻就会传导到我的皮肤上，我常常分不清楚某一滴泪水或冷汗从我的笔尖流出之后落到谁的脸颊或额头上，但不管它们落到什么地方，我总是感到自己皮肤上的冰凉和湿润，所有的感觉就会从"她"过渡到"我们"。

更多的时候是我自己的事情像雾一样从四面八方弥漫而来，如同涨潮的海水，将南红覆盖。在我的小说中，南红的故事到底是海中的礁石，还是鲸鱼，抑或是一条摇晃不定的船呢？这是一件我无从把握的事情。

（我真希望有一台什么新式机器，专门用来调节记忆与情绪的，我将立马把自己装进去，让它在分把钟之内就将我陈年积压下来的东西抽空，而我则像一个崭新的空瓶子，干净剔透，闪耀出前途不可限量的灿烂光芒。）

它们落荒而逃，纷纷缩回内脏深处

我胸前垫着纸去赶公共汽车，走路的时候有一种奇怪的感觉，我觉得空气总是不够透，而且一股纸的气味老是冲上来，胸部堵着的东西好像不是在身体的外面而是在身体的里面。快到公共汽车站的时候我才明白，这一切不适原来都是来自乳房。

我使尽全身的力气挤上公共汽车，一开始我紧贴着车门，下一站下车的人不断挤到门边，这使我在挤压和冲撞中站到了车厢的中间，我双手放在胸前，如果不这样我就会贴到人家身上去。尽管隔着双手，乳房的敏感还是超出了我的意料，汽油的气味、人的气味（汗味、莫名其妙的口水味，还有各种混杂的体味）以及铁的气味越过我的双手、乳罩和卫生纸的层层保护从乳房紧张张开的毛孔进入我的身体，紧接着它们就在我的身体里打起架来了，这些外来的、异己的、铁的、汽油的、他人的分子与我胸前的乳汁短兵相接，乳汁拼命抵挡，在抵挡中它们改变了自己，它们本来沿着从里到外的正确而自然的路途，从我的五脏六腑聚集到胸前，但是现在它们不得不向后退却了，它们落荒而逃，纷纷缩回我的内脏的深处，在那里它们变成了另一种东西，随着我在公共汽车上的站立（这种站立跟在房间里的站立绝对不是一回事，需要多几倍的体力和耐力），和对付来自各个方向的冲击，我身体里的液汁从我的额头冒出来，变成了汗珠。

我腾不出手来擦它们，乳房酸痛而疲惫，我知道这跟那里面的乳汁冒到了我的额头有极大关系，汗水是什么？就是消耗掉的力气，如果你觉得"消耗"这个词太文雅，就直接用"死"这个词，这是我对汗水的最新认识，它既然是死掉的力气，同时也是力气的尸体……身体里的汁液只有那么多（一个常数），如果它们变成了汗就变不成奶水了，有谁见过额头上的汗能缩回去变成乳汁的（农村的广大哺乳期妇女之所以不同是因为她们年轻、强壮、不失眠，不用挤公共汽车）？我预感到，用不着到单位上班，只需每天挤两趟公共汽车，天然的造乳功能就会退化。

但我不能不想到单位，想到单位就想到没完没了的追查谣言，每个月的月总结，每季度的计划，每周的选题会和会后的选题落实，脾气暴躁的领导和精神紧张的同事，我眼前顷刻就会出现那个在灰色的院子里以动画的机械和速度忙乱着的女人，她穿着灰色单调的衣服，头发随便扎在脑后，她容颜憔悴，情感淡漠，实在不是一个正常而健康的女人。但我知道这个女人就是自己。

我在路上、公共汽车、单位的办公室、照排车间、审读室、财务室、会议厅之间行走，听见乳汁流动的细微的簌簌声，它们沿着相反的方向往回走，然后变成汗珠悬挂在额头上。大弯说：林多米我希望你不要这样神不守舍，留心看仔细校样，今天我们又挨骂了。我觉得他的声音在另一个地方对另外一个也叫林多米的人说（现在想起来，这是否就是我被解聘的理由之一呢？这是完全可能的），他人就站在我的跟前，眼睛也看着我，我也正对着他的脸，他说什么我全听见了，但我觉得自己站在一个透明的长形容器里，他们所有的人全都在这个容器的外面，我的目光越过他们看到另一个透明的容器，那里有一个几个月大的婴儿，她的眉毛和肤色跟我有点像，我心里知道，这就是我的扣扣。

她正张开粉红色的小嘴，里面一颗牙齿也没有，对于孩子长牙，一个正常的哺乳期的母亲自然能感觉到，我小时看女人给孩子喂奶，她们坐在床上或矮凳上，抱着孩子，摸摸孩子的头，用一条干净柔软散发着奶香的小毛巾擦孩子头上的汗，孩子的小身子散发出一片清甜的奶香，气息安静。但忽然，喂奶的母亲身上一抖，像被马蜂蜇了一口地"哎哟"一声，这就是那个伟大事件的开端：孩子长牙了！对于一个母亲来说，它实在是跟氢弹爆炸有着同等意义，怪不得我们总是要在公用的水龙头、公用厨房、柜台前与它相遇，它璀璨的光芒就是这样照亮了各种不同的母亲。单位有两名年轻的女大学毕业生，我亲眼目睹了她们成为母亲前后的两个不同时期，她们在办公室里谈论孩子乳牙时脸上浮现的激动光彩完全覆盖了她们以前的整洁、修饰、上进的形象。

孩子的乳牙就这样成了一颗钻石。

她们对我说：你以后也会这样。

果然我洗干净手，掰开扣扣的小嘴，用指尖的正面碰她的牙床。如果我还有奶喂给扣扣吃，就会用乳房来发现她的第一颗牙蕾，在痛中惊喜。这种乳房与牙印、疼痛与惊喜，从动物到人，存在了不知多少万年，而我用手指来摸扣扣的牙床，连自己都觉得有病。

那是一个给扣扣洗澡的时间，我已经把洗澡水倒在澡盆里了，水汽散发，衣柜上的穿衣镜蒙上了一层淡淡的雾层，整个房间笼罩着某种模糊不清超出常态的气氛，犹如一个含有深意、让人很想看清楚，但又总看不清楚的电影镜头，我回忆这一幕时就是这样的印象。蒸汽从红色的塑料澡盆从三年前的北京弥漫而来，一直到达深圳，这个前后断裂、上不着天下不抵地的地方，那个女人在水汽里，她衣衫不整，穿着一条肥大的棉毛裤，质地稀松，点缀着平庸的粉色碎花，这是在街边摊上买的七元钱一条的棉毛裤，她坐在藤椅上，鼻子凑到了孩子的嘴上，这有点像我保存下来的一张照片，丑陋不堪但十分生活化（在我恍惚而失控的记忆中，我很想丢开真实发生过的生活，把它们像扔石头似的扔到大海里去，让自己永远看不到它们，然后我重新虚构自己的生活，但那些一再出现的场面总是像冰雹一样落下来，发出嘚嘚嘚的响声）。

在我的记忆中，澡盆、水汽、棉毛裤渐次清晰，就像有一条窄窄的光线——掠过这些物品，使它们得以在水汽中浮现，这时扣扣的小衣服、大毛巾、小床、小椅凳也都相继出现在房间里，并聚集在我的周围，这时我房间更零乱也更真实了，而那团使我看见自己的光线也恰如其时地照射在我和扣扣的头顶，这光线柔和而浓密，像月光一样阴凉。我看见自己的鼻子几乎就碰到了扣扣的脸，这时我闻到一股夹杂在奶香中的汗味，这是从扣扣的脖子发出的气味，她那时候很胖，下巴把脖子全挡住了，脖子里又有褶皱，是一个不透风的地方。汗味的记忆把扣扣更真实地送到了我的手指上，我把手指伸进扣扣的嘴里，滑软湿暖的感觉一下包围了我的手指，把我吓了一大跳，那是一种完全偏离常规的感觉，在我的经验中我找不到一样能作为比喻的东西。

从一根手指到袋鼠

陌生的触感带给我一阵恐惧，恐惧使我的触感更加敏锐，瞬间放大数倍，又滑又软又湿又暖，那种滑，会一下滑到无底深渊；软，软得像豆腐却又有弹性。总之那一瞬间十分的奇怪，有一种还原为动物的感觉，从一根手指开始，逐渐扩展到手掌、手臂、肩膀及全身，这些被扩展的部位依次长出浓密的体毛或角质，那些我能想到的雌性动物在我的皮肤上一一复活和变化，而扣扣也与之对应地成为某一种幼小的动物，最后停留在我身上的正是我最害怕变成的袋鼠，我的脑袋小小的，耳朵竖起来，随时倾听草原深处的动静，我的牙齿尖利而突出，能咬断最最坚韧的树皮和草根，而我胸前的袋子又结实又软和，我的孩子待在里面既安全又舒适。袋鼠的力量也通过手指到达了我的整个的身体，我的后腿强壮而有力，一蹬地就能跳跃起来。这时候我完全跟袋鼠认同了，我完全不记得袋鼠有多难看了，我从来就不认为袋鼠难看，我现在坚信袋鼠的体型是世界上最合理最自然同时也是最优美的体型，我将以这样的体型向整个草原炫耀！

牙蕾

我以母袋鼠的心情抚弄扣扣的牙床，就像我曾经以母猴的心情用舌头舔扣扣的小脸，现在我也弄不清楚，这是一种病态还是一种还原（进化成文明人的大多数女人大概不会有这种动物性的冲动，总之我从未见过别的女人舔自己的孩子），我以剖腹的方式生出了扣扣，我躺在手术台上，护士把扣扣托到我跟前，让我看扣扣的屁股，她说：看一眼啊，是个女孩。我第一次看见扣扣的脸是一周之后，在这之前我躺在病房打吊针，扣扣在婴儿室待着。我把她抱回家后就像母狗一样使劲嗅她身上的气味，然后我就像母牛或者母鹿那样伸出舌头舔她，她闭着眼睛让我舔，一副很舒服的样子。我也不知道为什么要这样做，我本能地伸出舌头，她的小脸没有多少肉，我估计她在婴儿室没有被喂饱，她的脸上味道有些甘（没有一个准确的词，这种味道也是十分主观的）、微咸。这种情形后来还有过多次，直到她一岁，那时她已经会走路了，在家里，摇摇晃晃扶着墙，从一个房间走到另一个房间，后来她摇晃着走到厨房，看见了我养在脸盆里的一条活鱼，她第一次看见这种动物在水里动，被这种怪物吓住了一会儿，但她很快就想出了办法，她把我牵到脸盆边蹲下，抓着我的手去捅那条鱼，她不敢直接用自己的手碰活鱼，想出了一个替代物，把我的手当成了棍子。就是从这时起,我发现扣扣渐渐从动物过渡到人了,而她作为一个小动物所诱发我原始母性的东西也慢慢减弱,我再也不好意思舔她了,而改用手抚摸她的小身体,后来我才想到,这才是一种人类的方法,有什么动物的爪子比得过人类的手呢(想一想在钢琴的琴键上像闪电一样掠过的手指吧),我用手抚摸扣扣后背的肩胛骨,她前胸的肋骨一道一道又一道,摸她柔软的小肚子,每天睡前她就让我摸摸她,然后她说:再来一遍。这时候她已经长到三岁了。

在洗澡水的蒸汽中浮现出来的是八个月大的扣扣,那时她的脸上长了不少肉,我的手指在她的牙床上两头滑动,但我没有找着一点坚硬的东西。我把她抱到澡盆边,准备先洗她的头。我一只手探到了水里,这时我又看到了扣扣扁着嘴上下啮合的动作,我重新掰开她的嘴,我用手指的背面触碰她的牙床,一下就撞到一点又硬又尖的东西,我稍用力一压,我的手背马上感到一阵尖利的疼痛,不太疼,但很明确,我再翻过手,用手指肚在同样的地方按了几次,还是一点感觉都没有,我再用手背,马上又碰着了那又小又硬的东西,这第一颗牙蕾隐藏在那么深的肉里,天生就是让母亲去发现的,它藏身在肉里,发出微弱的气息,这点气息只有母亲才会注意,她无论如何也要找到它,这个念头就像澡盆里蒸发的水汽,飘满了整个房间,沾在她的头发、衣服上,跳到她的后背她的眼睛，最后集中在她的一根手指上。

我对扣扣说：扣扣你长牙了！我抱着扣扣飞快地奔到另一个房间，闵文起正在看报纸，我冲他大声嚷嚷说：扣扣长牙了！惊喜使我有点气喘，我上气不接下气地说：用手肚摸不着手背才摸得着。闵文起从报纸上探出头看看，他像是没有听清我的话，他说：神经病！

这是他喜欢说的一句话，也是婚后他对我的基本认识，我已经听惯了，就跟他说天下雨了一样，对我基本上构不成刺激。我抱着扣扣又冲回那个弥漫着水汽的房间，我往澡盆里添了点开水，开始给扣扣洗澡。这时我再次从蒙了一层水汽的穿衣镜里看到了自己，从我自己的叫嚷声中，从给孩子洗澡的动作中，从我的手对她皮肤的触碰中，从整个房间为我和扣扣所独拥的水汽中，我看到了自己与所有那些站在公用水龙头、锅台、街边谈论孩子的女人们的重叠，她们所谈论的那颗牙齿从我婚前的岁月来到我的生活中，这是所有的母亲共同的牙蕾，它集中了她们赋予的光芒，照亮着平庸、单调、乏味的日子。母亲们像蜡烛一样伫立在这个世界上，被孩子们一根一根地点燃。

二十世纪八十年代的回忆

在南红的影集里我看到了一张照片，我穿着一条红裙子在照片的正中间，我剪着齐眉的刘海，那是N城时代独有的发式，我一直没有再剪这种发型，那条红裙子也已留在了N城。那是一个被八年的时光遮盖的面容，年轻、瘦削、充满力度、意气风发，我现在看到她，犹如站在寒冬凋零的花园中看到往日的春光明媚，恍惚如梦。我从未见过这张照片，这是我第一次看到自己在公众场合的样子。南红坐在我的斜对面，她只露出了四分之一的脸，照片上看到的是她的半截背部，她长发披肩，一只蓝色的大发卡醒目地别在头上，身上穿着一件无领无袖后背开口的白色上衣，腰上还扎着一条极宽的黑皮带，那是当年流行的款式。

我们坐成一圈，照片上还有两位瘦削的年轻人，大概是南红的同学或熟人，大学文学社团的活跃分子。我想起来那是一个N城各个大学的文学社团与本地青年作家的对话活动，在我的印象中，那是N城的最后一次文学狂欢。后来当我再回N城的时候，所有的人，包括我自己都早已远离文学，那个大厅里那么多的人，消失得干干净净，一个不剩。

照片上的南红正是诗歌时代的南红，她以照片中的那种发式在二十世纪八十年代的N城一日千里地倾泻着混乱的诗歌，它们像无数塑料玩具飞碟在N城炎热的空气中飞来飞去，一直飞到别人和我的眼前，它迎面而来，撞到你的脸上，你不得不伸出手来接住，你不接也得接。那个年头爱好文学是一种时髦，爱好诗歌更是时髦中的时髦，征婚启事中十条有八条写着自己爱好文学。韦南红是个时髦的女孩，她怎么能不爱好诗歌呢！诗歌是一种光，它能以十种明亮赋予一个平凡的女孩，少女加诗歌，真是比美酒加咖啡更具有组合的价值啊！

诗神的衣角拂在南红的头顶上，使她越发穿着由自己设计改造的奇装异服在各种场合飘来飘去，诗歌就是个性，南红最充分地理解这一点，而表现个性并不需要太多的个性，只要有勇气就足够了。谁有胆量谁就最有个性！在N城炎热的上空，如果你听见一声像瓷的裂开一样的声音，那一定是南红发出的，发出之处，正聚集着一群人，或者是学院的草地上诗社的男女学生，或者是某个松散的会议（充满热闹气氛的元旦、春节、中秋茶话会，正需要某些女孩的尖叫声烘托气氛，它们像茶话会的瓜子一样重要），或者是演戏尚未开始的台下。那张被南红保存下来的二十世纪八十年代的照片正是她发出过惊呼声的场所。

那天我比通知上的时间晚到了十分钟，我知道这种会一般要晚半小时才能开，而所谓开跟不开也差不多。那是N城某处的一个大礼堂，一进门就看到里面像雾一样布满了人，二十世纪八十年代留给我的印象之一就是文学青年像沙子一样多，几乎所有青年都是文学青年，大学里一张布告就能把他们吸引到城里有文学的地方，他们一拨一拨的，围住了文学的脸，我一时看不到熟人。茫然间忽然听到与我遥遥相对的人堆里发出了一声不同凡响的高亢呼叫声，南红叫着我的名字像鸟一样扑了过来，她张开双臂，分开人群，人群稠密如同乌云，她的蝙蝠袖和裙子以及长发有一种飞起的感觉，就像一只白身黑尾的鸟，我不明白她为什么隔着那么远就张开双臂，别的人也许与我有着同样的想法，大家全都停了下来扭头看她。这十足像一个电影中的场面，一个年轻的长发女子分开人群奔跑而来，她呼叫着我的名字一把将我抱住。她的声调和疾走、张开的双臂和拥抱的姿势是一连串的夸张，大声呼叫是夸张的开始，一个信号，一种提示，类似于戏剧中的叫板，张开双臂是一种发展、升级，疾走则显示着某种递进，最后高潮来了，并戛然停止，拥抱就是这高潮，是夸张之中的最夸张。这个动作在N城基本上算得是绝无仅有，由这一连串有声有色有头有尾的夸张细节构成的整体夸张就更是绝无仅有，它一下子就深入人心，扣人心弦，人们看在眼里记在心里，又从心里涌到了嘴里和脸上。

我与南红的关系就是这样奇怪，既没有久经考验，也不曾相见恨晚，既不够莫逆，也不够至交，从来就没有心有灵犀一点通，但彼此都参与了对方的一切秘密，无意中占据了对方比较重要的岁月。这就叫缘分。我跟南红，我们从来没有过一次真正的交谈，倾心更说不上，我向来不善于交谈，口头能力甚差，而南红则总是停留在惊呼的层次上，她往往裹挟着一阵街上的热风冲进我的房间，大惊小怪地告诉我某件事、某个人，她的叙述从来不完整，在中途就要挤进许多惊叹，说了半句就要自己打断自己插进"哎呀，简直是"之类的咏叹，她无法完整深入地表达自己对事物的感受，只是心里充满了惊叹，这些惊叹互相挤着撞着，具有同样的质量和力度，使你根本弄不清事物的真相。冬天的时候南红在我家住了两天，两天中除了出门会男朋友就反复告诉我两句话，一句是：真的是非常坎坷。另一句是：很沧桑。然后问我：你看我变多了吧？但在二十世纪八十年代的N城，南红总是不经意就进入了我生活中的事件，虽然我们不曾彼此交心，但我们的缘分无处不在，她在我的隐秘事件中出现。成为唯一的见证人、目击者。当我回想二十世纪八十年代的N城岁月，回想我那中断于N城的写作生涯，南红是唯一一个贯穿其中的人，她的夸张的拥抱与惊呼，她变幻莫测的奇装异服像干花一样被镶嵌在我的N城岁月中，只要我回望N城，就会看见她，N城的气息无论从哪个方向走来，它的第一阵拂动中一定会有南红那尖细而跳跃的呼叫声。

（五）

想象还是记忆

我不记得自己是否亲眼看见闵文起和那个女人在床上，那些镜头到底出自我的想象还是记忆,或者是录像,或者是三者混在了一起。

闵文起每隔一段时间就不知从哪弄来一盘录像带,他管这叫毛片,等十点多扣扣完全睡着了,闵文起就神情诡异地摸出一盘带子,上面往往写着香港功夫片的片名,这跟他诡秘的表情有些不谐调。他问我:你洗过澡了吗?有时候他还闻闻我的脖子,摸摸我的头发或脸,现在回想起这些细节,我忽然有些怀念闵文起温情的一面……

然后他就打开大抽屉找他的衣服,我正对着电视,那上面是一些广告,我有些累,有些懒,目光有些涣散,我眼睛的余光看到闵文起弯着腰,把头埋进大抽屉里,然后掏出一些白色和灰色的衣物。他的拖鞋啪嗒啪嗒地到卫生间,我扭头看一下,有一些稀薄的水汽在过道里,他把一壶烧开的水提到卫生间,这是他跟我的习惯不同的地方。

我几乎没有听见水的响声他就洗完出来了,他穿着内衣开始摆弄电视机,电流沙沙的噪音和视屏上跳动的麻点使我头晕,我说我要睡觉了你要干什么?他说你等一会儿,有个好看的东西。

那些裸露的身体是突然出现的。

我一下恶心极了。我觉得自己的喉咙正在被这种又腥又黏、既是肉质又奇怪地发硬的东西所顶着,这根本不是我要的东西,但它从录像上直逼我的喉咙并且强硬地停留在那里，我一时无法摆脱这种感觉。

胃里的东西迅速翻上来，我知道我真的忍不住要吐了。我冲到卫生间，把那种难受和恶心统统吐了出来。这种感觉跟晕车差不多，除了恶心之外身上还会出冷汗。

在有的时候，我在好奇和厌恶的夹缝中目睹了那些器官，放大的、变形的、丑陋不堪却又气势汹汹的生殖器，这些平日被深藏着的器官令人震惊地出现在眼前。震惊是一种横扫一切的经验，犹如响雷，把一切声音都抹杀掉，又如强光，它一出现就消灭了其余的光。我被震惊所笼罩，别的感受是一片空白。在这片空白中那些浅褐和深褐色的褶皱、卷曲而杂乱的毛发、腿、腹肌在动荡，它们互相撞击、纠缠、紧挤、翻滚、往返，局部的动作晃来晃去，莫名其妙、不知所云（即使扣扣突然醒来也不会吓着她，她根本不会明白这是在干什么），那些放大的器官毫无美感，无论它们是静态，还是动态都不适合我的观赏趣味。光身的人体在纠缠、搂抱、翻滚、摇晃、搏斗、厮杀、咬牙切齿，你死我活，一个双头八肢的怪物，只在躯体中部连接的怪物，伴随着奇怪的叫声和高难度的动作，我不觉得这有什么美感。

也许我期待看到的是人体摄影集里那些优美、匀称、动人的女性人体，以悠长的慢镜头和梦游（或失重）般的韵律在眼前飘浮，事实上我不可能看到。录像中的女人体态壮硕凶猛，乳房奇大。大得有些奇怪，有些变形，好像根本不是女人身上长出来的器官，而是另一种充了气的或者是别的什么皮肉做的东西被人恶作剧地安在了女人的胸前，而安了这种奇怪东西的女人就不再是女人，而是另一种像女人的兽类，这种兽类的眼睛里凶光和媚态共存，饥饿而贪婪，随时都要吞食别人和被别人所吞食。她们奇怪而大的乳房由于别人的吞食而发亮、肿胀、颗粒坚挺，从而显得更加奇怪。

闵文起很容易被这些场面所激发，有时候他摸我一下，但结果总是一样。他说：你怎么一点反应都没有？他说：你这人有病。他说：你到底是不是人？他说得最多的就是性冷淡这个词，但我并不觉得这是个问题，在单位受不受批评、能不能评上职称，最重要的是不被解聘，这些是大问题，扣扣能否上一个好的幼儿园也是一个大问题。但我隐隐觉得这样有些对不起闵文起，现在想起来，我在潜意识里对闵文起与别人的性关系好像是容忍的，我只是理智上觉得不对。

我是否看到闵文起跟那个女人在床上的情景？当我回顾我与闵文起的婚姻生活，另一种我臆想的录像就像石头出现在房间里，或者像一只猫出现在马路上，奇怪、突兀。那个赤裸的男体在我的眼前出现，他的四肢和躯干使我感到眼熟，但当我再看它们时又觉得眼生，我已经记不太清楚闵文起的身体了，他属于那种中等身材，不算太胖也不算太瘦，我极力回想他身体上的标志，一块疤痕、一颗痣、一抹胎记或一粒牛痘，但我一点都想不起来，这使我无端恐慌，四年的夫妻生活竟没有对闵文起的身体留下记忆，我一直没有时间也没有机会仔细看他的身体，不，准确地说是没有热情和精力，每天疲惫不堪，恨不得倒头就睡。还有扣扣，一团自己身上掉下来的肉，像天使和花朵散发着香气，我当然首先要亲吻和抚摸的是她，而不是任何别人。

假设现在是黑夜，我手握电筒，这电筒早已消失，随着这个家庭的解体不知去向，此刻我手握着它，它的铁壳在我的手心微微发凉，底部有些生锈，开关比较紧。我和闵文起在购物上有共同的趣味，不喜欢新式时髦花哨，而喜欢老式的、几十年一贯制的东西，它们伴随着我们的成长经历，散发出安全可靠的气息，而闵文起已经睡着，他赤身裸体（事实上他从未有过这种时候）地躺在大床的一侧，是黑暗中更黑的一块，黑暗是空心的黑，他的身体是实心的黑，他加深了黑暗又把黑暗对比得有些浅，他黑黢黢地卧在那里像一匹睡着的动物。

我光着脚，像猫一样轻盈地跳到地上，我打开抽屉，一点声音都没有，我很奇怪为什么会没有声音。家里的电筒在抽屉里发出银色的亮光。它迎上来，弹跳到我的手上。我用劲一揿，但我发现根本用不着那么大的力，一道像月光那样纯净的光束就从电筒里出来了，这光的质地十分浓密、细腻、均匀，像最好的丝绸一样光滑，这使我又吃惊又感动。我拿着它走到床前，像一个偷拍军事地图的间谍一样仔细察看闵文起，既全神贯注，又偷偷摸摸，这个场景使我想到列夫·托尔斯泰的妻子在深夜偷看丈夫日记……一个女人光着脚穿着睡衣裤在深夜举着手电筒伫立在丈夫熟睡的床前到底想干什么？这的确是一件超出了常态的事情。我看不清楚自己的表情，电筒的光线照射在闵文起的身体上，他的脖子、肩膀、胸、手臂、腹部、腿间的毛发、大腿、小腿直至脚指头在黑暗中被我一截截照亮。

我没有抚摸它们。

在我重新虚构的岁月中，这片深夜的黑暗也会一下消失，就像拉灯一样，一拽灯绳，光线马上充满了房间的每一个角落，或者是在白天，某一个星期日的中午，日光最饱满的时候，我们赤身裸体，完全能看清楚对方。或者在卫生间里共浴，水在我们中间跳荡，从他身上飞溅到我的身上。但我仍站在暗处。我站在暗处看着这些浪漫而虚构的场景，心情复杂。

那一切都没有出现，不管是在黑暗里还是在光亮中，是电筒还是灯，抑或是太阳。它们根本就不可能出现。

就这样，闵文起的身体我并不怎么熟悉，当我看着眼熟的时候他随即又变得陌生了，在那部我臆想的录像中我常常要做的就是要确定其中的男人是不是闵文起，这像梦境一样使我感到困惑，每次我都想看清楚他的脸，但我奇怪总是没有一个正面的机会，准确地说，他的脸部总是光线不够，即使正对着也模糊不清。我想我心里十分清楚他就是闵文起，这个念头没有使我狂怒或嫉妒，我坐在赤尾村南红的房间里，看闵文起赤裸的肢体从黑暗中浮现出来，而另一个女性的身体也在对他的纠缠中被带了出来，这时他们像一些表皮光滑根部裸露的植物缠绕在热带森林里，我从那些堆积的落叶上认出了自家的床单，那些黄的和蓝的叶子就是我们大床床单上的花纹，在这些花纹之上，闵文起和那个陌生的女人搂抱、翻滚、缠绕，而在他们重叠隆起的中部，我认出了女人身下的那个枕头，那是我的枕头，由乳白色的棉布做成，镶着老式的荷叶边，有一个地方有点脱线，这是我大学毕业不久买的，我一直用它，结婚的时候也没换成新的，这源于我的恋旧癖，只要是我用过多年的东西，我就会对它产生依赖感。但它还垫着别人的腰，这使我感到了突如其来的心疼。有时他们并不固定在大床的中间，而像被大风刮着跑的树枝，从床头滚到床尾，于是我又看到了紧靠着床尾的落地窗帘，这是这个家里我最早选定的东西。

　　看到这里我应该尖叫，这声尖叫在辨认出闵文起的时候就应该隐藏在我的喉咙里,它开始时像一小团气体,就像想要打嗝儿而没有打出来一样堵在喉咙里。每一点新的发现都有可能把早已守候在喉咙里的惊叫放出,人体、床单、枕头、窗帘,每一样东西都是一颗火星,都能蹿到喉咙里把那团气点着。但我没有听见自己的尖叫,我不知道它是被我一次次堵回去了,还是根本就没有。

我想象这声尖叫像闪电一样从我的身体劈出,它尖尖的尾部触到电视的屏幕,闵文起和那个女人的身体顷刻燃遍了大火,我的枕头和床单也开始燃烧并发出噼啪的响声,然后一切都变得干干净净。

但这一切并没有出现。

(为什么这些从未存在过的事情会变成幻影来到深圳?)

我始终想不清楚,我既然对性没有了兴趣(我认为性冷淡是工作和家务双重销蚀的结果),我是否就应该放弃对它的权利,而为了女儿保持住家庭。人不能把放弃自己没有的东西称为牺牲。当初我要是知道我会落到没有生活来源的地步,会养不了扣扣,扣扣要上幼儿园也会成问题,我一定重新考虑是否离婚。

从头开始

南红越来越多地出去约会,她的故事已经讲得差不多了,而且她已经逐渐恢复正常,她不再像刚开始的时候控制不住地向我倾诉了。天气虽然还很热,但也开始干爽起来了,我独自一人在房间的时候越来越多,我不再上图书馆,也不打算在深圳找工作了,而且我写了好几万字的长篇草稿也已搁浅,书商说今年上面卡得特别严,外松内紧,还提出了"守土有责"的口号,坚决不允许买卖书号,出现一个处理一个,这样他就不能出我的书了,他还实事求是地说,出我的书赢利不大,冒风险不值得,做书他还是要钻空子做,不过他只打算做能热销的。我的小说只好等以后再写了。

在秋天到来的时候一大片空白出现在我的面前,屋子和我本人都空下来了,有一种大扫除之后干干净净的感觉,于是扣扣就从我的心里滚了出来,像一只鸡蛋一样,不用使劲,心一动就骨碌碌地滚了出来。

一个瘦骨嶙峋的孩子,大眼睛。我小时也非常瘦,母亲牵着我上街,熟人说,你女儿真好看,母亲就说,就是太瘦了。瘦瘦小小的扣扣,她身上的肋骨在皮肤下若隐若现,这些骨头(包括锁骨和脚踝上的骨头,以及一切深藏不露的骨头)使我辨认出自己的孩子,我在空荡荡的房间里叫她的名字:扣扣。我叫唤的声音就像扣扣正在隔壁的房间,她完全能听见我的声音,我知道她不在那里,而是在N城外婆家。如果一个女人在空荡荡的房子里对着墙壁说话，会立马被认定此人精神有毛病。但现在，扣扣身上的亮光把一切病态的阴影都清扫干净了，我的声音健康而明朗，一点都不迟疑，在秋气渐爽的房间里像糖炒栗子那样又甜又脆，带着几分热气，热气缓慢散发，搂抱着我的身体，就像扣扣柔软而纤细的手。

一个沉默的女儿，她的气味和影子在房间里，她发黄的头发在阳光里，她的小手在空气里，但她从不出声，出声的是我的喉咙和眼睛。我的女儿比老鼠还安静，安静得就像阴天和夜晚，月色下我看见一只小玉羊，步履轻盈走到我的脚下。小玉羊，我女儿的吉祥物，它一直在扣扣的枕头旁边，它什么时候下了床，脖子上还多了一只玉铃铛？自己会走的小玉羊，新鲜而神秘，带着它的玉铃铛，蹒跚而行，它的身前和身后，是我和闵文起及扣扣的三口之家，我的家就像光线一样笼罩着小玉羊，它在我家的家具中穿梭，穿过饭桌和衣柜，穿过沙发和木椅子，就像穿过它熟悉的大街和小巷，它把这一切带回给我，然后它跳上了扣扣的小床，躺在了原来的小枕头边。

扣扣早早就睁开了眼睛，像露水一样新鲜，像晨曦一样明亮，我抱着我的女儿，只要女儿还在我的怀里，我就愿意回到这个世界。我喜欢想念在冬天的扣扣，冬天的扣扣站在透过窗户的方形的阳光里，她红绸子做成的小棉袄，被背后的阳光镶成一道金色的镶边。想到冬天我就想到这道镶边，想到家就想到它，想到扣扣还是想到它，我爱这道金色的镶边。它是过去的日子留给我的最亮的曲线，它弯曲流畅，顺着阳光下来，一笔画出了一个女儿。我抱着女儿走进阳光里，金色的镶边顷刻消失，而金色的波涛在她的小红棉袄上汹涌，在她的前胸和后背安静地燃烧。

我对着空房子说：扣扣你马上就四岁了，小嘴长成四岁的小嘴，小屁股长成了四岁的小屁股，小手小腿小脚丫统统都长成四岁那么大了，抱在妈妈怀里比大狗还要大，比小梅花鹿还要高，你会跑得飞快，比小老鼠还跑得快，而且你的力气也长了，妈妈一不留神你就会像小皮球一样蹦出去。妈妈最担心你被车撞倒，怕你掉到河里去，怕你触电，怕你从阳台上掉下来，妈妈最怕的就是你被人拐走卖掉，卖到一个大人永远找不到的地方，好扣扣，你千万不要跟陌生人说话，千万不要吃陌生人的东西，千万不要让陌生人带你去玩，想想妈妈跟你讲过的故事：有一个老女巫，给一个小女孩吃一只红苹果。扣扣好女儿，愿老天保佑你，让所有的女巫和坏人的眼睛瞎掉，看不见你；让他们的手烂掉，摸不着你；让他们的腿断掉，一步都跑不动，当然最好就是让他们统统死掉。让老天保佑你，不摔跤，不得病，连感冒都不得，连喷嚏都不打，好端端地待在四岁里。我的小肉肉、小老鼠、小扣子，比谁都乖的好女儿。

我啰里啰唆地念叨着女儿，有时念叨上两句就会安静下来看书，或者出去买菜干家务，有时我会唠叨上半天，对南红唠叨，或自己唠叨，或嘴上唠叨，或心里唠叨。现在我完全知道有一个孩子是怎么回事了，他就是你身上的一团肉，有一天落到了这个世界上，他自己会吃会走，但他还是你身上掉下来的一块肉，他有一点疼，你就会更疼，他有一点冷，你就更冷。他不见了，你就会发疯。

我对扣扣越来越不放心，我觉得任何一个危险都是随时存在的，街上的汽车是一个大嘴，陌生的人（潜在的人贩子）是一个大嘴，我家附近的建筑工地是一个大嘴，水池是一个大嘴，阳台是一个大嘴，电线是一个大嘴，所有这些大嘴汇成一个无所不在的巨大的嘴，像天那么大，像夜晚那么黑，而我扣扣的小身子正在掉下去，她像所有空中运动（跳水跳伞跳悬崖）的人儿，又黄又软的头发被逆向的气流完全扬起，在小头顶成为尖尖的一小撮，就像戴了一顶奇怪而可笑的小帽子，她的小蓝裙子被气流翻到腰部并紧贴在那里，两条小瘦腿失去了保护，孤零零地从空中下落。巨大的嘴，巨大的发着凶光的牙齿，巨大而鲜红如血的舌头，就在我扣扣的下方等着。我大声叫唤我的扣扣，我声嘶力竭，披头散发，歇斯底里，我以自己喉咙里尖叫的力量飞奔过去，想要接住我的孩子，但我在抱住她的同时一脚踩空，两人一起掉进无底深渊。

这到底来自我的噩梦还是想象？

电视新闻也成了我心情紧张的根源，它们像嗖嗖而出的冷箭，直射我的心脏，是谁躲在暗处，发射这些箭镞？电视这张弓，白亮而刺眼，闪动不已，它发出的东西无形无色，但能到达你的皮肤，穿透你的身体，这跟那个叫作社会的东西有点像，跟那个叫作单位的东西也有点像。我听见耳边嗖嗖掠过的声音，躲也躲不掉，挡也挡不住，我来到深圳这么远的地方它还是在那里。电视里说，刚刚破获一起拐卖儿童案，一名妇女拐卖了十三名儿童，画面上出现许多孩子，圆圆的头和脸，闪亮的大眼睛，一个孩子就足以让我想到扣扣，十三个孩子就让我看到十三个扣扣，所有的扣扣和所有的孩子统统挤在屏幕上，形成一个悲情与恐怖的大网，把我一头网住。又有孩子掉进洞里由武警救出的，又有被火烧的，被卡式炉炸伤的。

我除了冲到外面找一个公用电话外没有别的办法。能打长途电话的地方只隔两栋楼，在这种夜生活繁忙的地方，晚上一两点我都敢出来，问题是N城我母亲家没有电话，每次都要打到对门的邻居家，求他们替我把母亲和扣扣叫来。扣扣在半夜里当然睡着了，嘴角正在流口水，小牙齿磨得嘎嘎响。邻居更睡着了，我再发神经病也不至于半夜往别人家里打电话。好在我的时间概念是从小在家乡形成的，晚上十点就觉得很晚了，不至于像南红，半夜十二点她还认为很早，从这一点就可以看出，她已经变得越来越像深圳人，越来越回不去了。她说她春节回去了几天，闷都闷死了，一点都不习惯，刚过初三就跑了回来。

光凭夜生活这点我就不能在深圳待下去，一个到了十一点就想睡觉的人怎么可能交到有用的朋友呢？看来即使找一份毫不称心的工作也非得有熬夜的功夫不可。而我十点的概念根深蒂固，像一道铁做的栅栏，从我生活的城市一直插入我的大脑，牢不可破，跟肉长在一起，隐藏在身体的某个部位，这种东西就叫作生物钟，它铜质的声音当当敲响，穿透了我们的肉体和心灵，我们跟随它的钟声开始动作，就像被安装了某种程序的机器人。

隔着十点钟这道铁做的栅栏遥望N城，N城南边的宿舍区已经灯火稀疏，铁条紧贴在我的脸上，有一种囚徒的无奈，到底是谁被囚禁？是我，还是扣扣呢？碰到十点这道铁栅栏我总是往回走，一直走到白天这块开阔的空地。在白天，公用电话是我最心爱的宝物，在山洞里闪闪发光，散发着诱人的光芒，在神话故事里我们就知道，任何宝物（仙草、神灯什么的）的旁边都会有人守候，或者是一条或几条毒蛇，或者是一只或数只恶狗，谁要越过去都得付出代价。电话旁边的老太婆就是一只护宝兽，你必须往它嘴里喂二十元钱押金她才让你碰她的宝物，二十块钱在我是一笔大数字，但它能换来扣扣的声音，这是这个时代普遍的奇迹，如果有许多的钱，就能在一天之内换来扣扣，或者干脆把扣扣留在身边。

扣扣的声音说：妈妈，她整个小身子就顷刻变成一枚圆圆的坚硬的被我牢牢握在手心的东西，我冲这圆东西叫扣扣，它就会答应我，我叫一声，它就答应一声，叫两声，它就答应两声，而且它完全是扣扣的声音。一开始的时候声音有些变形，像是一个假扣扣，但是扣扣说到第二第三句话的时候我就确认是一个真扣扣了。不管它被多长的电线所过滤，不管有多少电流杂音的冲击，扣扣就是扣扣，就像我闭着眼睛也能认出扣扣，我的耳朵被这么长的距离捂着照样能听出扣扣。听到扣扣的声音我知道她没有掉到什么可怕的洞穴里，但是扣扣总是紧接着就要问：妈妈你什么时候来接我呀？

妈妈你什么时候来接我呀？

这样一句揪心的话从它发出的时候开始就一直没有消失，它停留在我的身体里，弥漫在我周围的空气里，墙壁、桌子、门上，我目光所能到达之处统统都沾上了这句话，这句话在我看到它的时候就变成一只眼睛，眼巴巴地望着我，这眼睛又加强了这句话，使它变得更加揪心，更加难以消失。等到我下次给扣扣打电话的时候这声奶声奶气的问话又一次从电线里到来，像一柄被挥动的铁锤再次砸到了原来的铁砧上，一次又一次，它成为了一种深深的凹痕，一种难以改变的东西，或一种已被外力改变了的东西，犹如一颗心，被一次次击打。

梦境

临回北京的那个夜里我做了一个梦，梦中我在N城的宿舍里，和三五个旧日的朋友围在一起。其中一个是菜皮，一个是老圆，菜皮又黑又瘦，年龄不算大但满脸皱纹，沉默寡言老谋深算的样子，这样的人一旦说出一句什么话，总让你感到震慑。不由得不信。菜皮是我在N城的诗友，在一家机械厂当电工，平日喜欢和几个写诗的互相传看各自的诗，但很少有发表的。老圆矮胖，共青团杂志的编辑，在任何场合都跟菜皮在一起，让人匪夷所思。这两个人的面容在我的梦中十分清晰，而且跟五年前我离开N城时一模一样，丝毫未变。另外两个人的脸我始终看不清楚，我心里明白他们是我在N城交往不多的朋友中的两个，但我想不起来他们是谁。其中有一个是女的，我觉得她应该就是南红，因为这次聚会是她张罗的。

大家围在我的茶几上，菜皮正对着我，他冲我举着一张扑克牌，梦中光线很暗，我看不清那是什么。菜皮的鼻子顶在扑克牌的后面，因此他的声音听起来像是重感冒发出的鼻音，他说：

多米，你看这是什么？

我再看时，扑克牌不知什么时候变大了，像菜皮的脸那么大，正好挡住了他的脸而没有挡住他的头发，看起来就像扑克牌变成了菜皮，或者是菜皮变成了扑克牌，菜皮的头发天衣无缝地长在了扑克牌的上方。

但我还是看不清扑克牌上的图案和数字。

菜皮说：这是J，你看清了吗？

他的话音刚落，扑克牌的J立即明亮起来，它原本是在扑克牌的右上角，我不明白它怎么一下就在中间了，相对应的左下角的J却没有，空得出奇，有一种诡秘的气氛，令人怀疑那个不在场的J是被人谋杀了。我疑心这是一副特制的、有着秘密和阴谋的扑克牌，它大有深意，不同寻常。

果然菜皮说，这个钩是铁的。

我看到铁的冷光布满了这个J字，这使它看起来已经完全不像扑克牌上的J，而像一个不折不扣的铁钩。我满怀疑虑地用手指碰了它一下，我发现自己触到的不是纸，而是坚硬冰冷的铁！与此同时，铁钩四周的纸牌纷纷剥落，就像一个泥做的模具被人打碎，那镶嵌其中的东西完全凸现出来，又像某种铁质的动物，在泥胎里完成了它的生长，它靠着自身的力量奋力一挣就脱落出来。它周围纸牌的碎片像刚烧过的纸的灰烬，一片一片无声地散落，很快就消失在黑暗之中。

奇怪的是菜皮、老圆等人也同时消失不见了,好像他们也是碎裂的纸牌,轻飘飘的被什么东西一吹就不见了。只剩下一个坚定的铁钩,在四周的黑暗和空虚中发出铁质的光芒,它真相不明地悬浮在我的眼前,布满了不可知的玄机。

南红

天亮醒来的时候这个梦的残片还留在我的脑子里,但我很快就想起了我的行程。我迅速清醒过来,赶紧穿衣起床,刷牙洗脸,并冲了一杯奶粉。南红睡眼惺忪地起床,这几天她每天很晚才回来,她又找到了新的男朋友和新的工作(这件事的本质是有了新的男朋友就会有新的工作),她说她下个星期就要去上班了,马上就会有收入,而且她可能用不了一年的时间就会实现去南非的梦想,这些她已经跟我说过了,现在因为我要走,所以她将说过的话又摘其要点跳跃式地重说一遍,她说了五分钟就兴奋起来,穿着睡衣在房间里走来走去,一点也想不到换上衣服送我一下。当她再一次说到南非的时候我已经准备停当,她大梦初醒披上一件外衣赶到门口替我打的,并且替我付了出租车的车钱,这样她就可以心安理得地不送我了。

南红身穿睡衣送别的情景让我有一种仓促、不正常、不稳定的感觉,她关上车门朝我招手。这最后的印象不知怎么使我感到一丝风尘味,我一时觉得有些眼熟,后来我想起来,是她冬天到北京的时候我第一眼看到她也有类似的感觉,那时我有三四年没看到她,一眼看过去觉得她跟以前是有些不同,但我没来得及辨别这种变化就淹没在久别重逢之中了。这次我到深圳,首先看到的是病倒在床的南红,她无数惨痛的经验在我看来是沧桑远大于风尘,而且两人白天黑夜在一起,也觉不出什么。风尘味是要隔着距离看的。

一个身穿睡衣头发蓬乱眼皮微肿的南红就这样停留在我最后的印象中,某种不祥的感觉曾在瞬间掠过,但很快就消失了。三四个月后,南红的死讯传来,我眼前首先出现的就是这个身穿睡衣的形象,在我的感觉中她就是以这副模样离开这个世界的。当时那种瞬间而逝的不祥之感就是死亡的影子,它停留在南红微肿的眼皮、散乱的头发上,不动声色地隐藏在睡衣的皱褶里。在告别时我看到了它稀薄的影子,但我不知道这就是死亡的身影。而且在我离开深圳的最后几天,南红迅速恢复的信心和好心情使我没能准确判断这些影子的实质,我以为它们不过是她兴奋之后的疲惫,只要睡上一觉就可以全部消散。

穿着睡衣的南红还从路边的出租车旁站到了一个顾客稀少的商场中间,她身后是一些模棱两可的机器,我知道这跟"商场自动化"这个词有关。这肯定是一幅事实上不存在的场景，它只存在于我的头脑中，因为有几次南红都是穿着睡衣跟我谈论商场自动化的事，这是她新结识的男朋友的专业。最后她穿着睡衣站在房间中间向我描述大屏幕电脑试衣的过程，她说那是一间很大的房子，大房子马上就使她的眼睛变得明亮起来，大房子和她的眼睛互相辉映，好像大房子就是从她的眼睛里诞生出来的。这时那间不知从何而来的大房子出现在我们的房间里，它把我们的房间拉长拉宽，我们对面的墙变成了有整整一面墙大的镜子，我们的身后，是呈弧形排列的无数的衣服，容纳着所有的季节、一切的国度、全部的民族，各种面料、各式款式、各个不同时期的无数衣服，它们黑压压地排列在我们的身后，我们转过身就像面对一个大的梯形教室里一排又一排老实而规矩的学生，或者，像一个部落的首领面对一大群服饰不一、高矮不齐、参差错落却又紧紧挤在一起的部属，任何人一旦站到了这样一个位置，一股气就会从脚底心一直冲上脑门儿，搞得印堂发亮目光炯炯，直至气吞山河。

　　她说，自动化就是，我们坐着不动，电视屏幕将所有的衣服一件件自动展现在眼前，就像有无数仆人，双手举着衣服从我们面前一一走过，当然比仆人更好更奇妙。屏幕上的衣服悬在空中，它们像一件隐身人穿在身上的衣服，看不见人，却看见衣服正面、反面、前后左右地自己转动。你看中哪一件，一按电钮，停，你再细看，看准了就按确认钮，吱的一声，屏幕上的你就穿上了这衣服，你本人在这边端坐不动，另一个你在那边左转身右转身，如果你意犹未尽再按走动键，你就会看到自己像模特那样优雅地走动起来。就这样，我们舒舒服服坐着就买到了衣服。

南红在对商场自动化的描述中激情渐起，越来越焕发了她的神采，我越过假想的商场、镜子、屏幕以及众多的衣服看到了她往昔的影子，那是一张N城文艺青年的脸庞，它在她的身上消逝已久，深圳生活的迷乱和慵懒、焦虑和松弛一层又一层地覆盖了它，我几乎也把它忘记了。那最后的几个夜晚，她身着睡衣，脸上激情涌动，我为什么会把死亡跟她联系在一起？这的确有点莫名其妙，想到《日出》里的陈白露（把陈白露跟南红比是很不公平的，这我知道）在深夜里的徘徊和独白，以及天还没有亮的时候从饭店后门抬出的一具孤零零的棺材，这些不祥的形象隐藏在身穿睡衣的南红身上，当我知道她的死讯的时候它们就浮现出来，成为某种奇怪可怖的图景：南红身体的质地又轻又淡，犹如水墨画中的人物，而从她身体横出来的棺材却像超级写实的油画或摄影，能看清楚木纹或油漆，逼真到能即时招来铁钉钉棺材的声音。我知道现在的棺材都是外形美观贴着大方雅致的暗花布纹纸，就像一个可爱的长匣子，上述那种木棺材只有在边远的农村或者有关久远年代的电影中才能看到,但那幅怪诞的图景就是这样。

纸上的命运

在广州火车站等车的时候我再次想起了那个梦,在乱糟糟的候车厅嘈杂的噪音和难闻的气味中,那个闪着冷光的铁钩不时地从古怪的扑克牌中脱落下来,但它并不掉到地上,而是隐隐地悬在空中。这个梦使我不安,我觉得它是有意味的,大有深意。我隐隐觉得它是跟我以前经历过的什么事情有关。同时它也跟我的将来有关。但在乱糟糟的车站我没法想清这件事。

在火车的上铺睡了一觉之后忽然有一种灵感告诉我,那个梦中的钩(J)跟现实中"上吊"这个词有某种关系。我闭着眼睛。脑子由于这个灵感一下由恍惚变得异常清醒,就像被什么东西击打了一下,含糊不清的火车行进声一下变得清晰有力和富有节奏,在这种声音中我脑子越来越清醒,它就像一种时间推进器,轰隆隆地将你往前推,或者,往后推。

那件事情我已经完全想起来了,来北京五年,我竟把它忘得一干二净,如果不是因为这个梦,我可能会彻底把它忘掉。但它现在冒了出来,它潜伏在五年前的那个夜晚,现在它觉得时机已到,它要出来了。它不知道从哪里可以出来,我既然已经成功地把它忘记了,现在平白无故就不可能想起它来。而它却像一只机灵的老鼠，从我的梦里咬破了一个小口，它想凭我这样敏感的人，一定会意识到这只铁钩子的意味。这样它欣然看到我意识中的洞口越来越大，于是它就从这个开口游出来，像鱼一样滑溜。

它最早显现的形状是两支蜡烛，一支红，一支白。这不是两根相称的蜡烛，红的那支粗而短，已经用掉了一半，白的那根新鲜而完整，它纤细、干净、一尘不染，它顶端的烛芯刚刚被点燃，我想起这是一包新买的蜡烛，一包十支，我买蜡烛是因为经常停电，但那天晚上并没有停电，一般是星期五停电，那天是周末，周末不停电是所有人的心愿。在摇摆不定的烛光中我看见了他们的脸，南红、菜皮、老圆、某某某、某某，不算我一共是十三个人，这个数字是如此清晰，让我感到奇怪，谁能记住一次聚会的人数呢？何况是在五年之后。

烛光飘摇，大家围坐在我的房间里，有人数了数人头，说：一共十三个。这个数字使大家沉默了一下，沉默的时候大家心里想这可不是一个吉利的数字。但是大家嘴里没说什么，不说也就过去了，只有我留下了深刻的印象，因为这是我在N城的最后一次聚会，之后我就要到北京去了。

聚会是南红张罗的，她是一个喜欢热闹、充满激情的人，同时她热爱朋友，她说多米，什么都不用你管，我来通知人，我来买东西。我跟南红相反，对聚会的事从来不热心，人一多，第一觉得不自在，第二觉得累。在大学毕业后的许多年，我几乎很少去参加别人的聚会，在我自己的房间里搞这类事更是一次都没有过，那次不祥的聚会是第一次，也是最后一次。南红说，不管怎么样，一定要聚一聚，一点都不费事。于是她就从我的书架拿出了玻璃酒杯，我不喜欢喝酒，却喜欢玻璃酒杯，我喜欢它们美丽的形状、透明的质地，它们在夜晚的灯光下对光的吸附和表达，它们易碎的事实使我心疼，这种易碎的花朵常常使我想起某类易损的女人。

有四个玻璃酒杯是南红从南京带回来送给我的，她在暑假里自费去庐山，四只玻璃杯送到我手上的时候一只已经断了脚，我用胶粘起来，摆在书架上，有几乎大半年没动它们，其中一对是那种郁金香形状的高脚酒杯，一对是漏斗形的，十足像医院药房里的量杯，但它身上斜斜的装饰纹路把它与量杯区分开了，那种斜纹看起来像风吹过水面的效果，我常常想象若斟上各种颜色的酒会是什么情形，紫、红、黄、白，晶莹无比，不说饮到肚子里，看上一眼就能把人看醉，玉液琼浆，有什么比这更诱人的呢！为了使酒杯带上美色我特意买了一瓶薄荷酒，我记得酒瓶的形状像葫芦，一点都不优雅，这种瓶子理应用来装二锅头什么的，不知怎么却装上了翠绿可人的薄荷酒。我还记得它的价格是八十八元，当时工资尚未第二次、第三次改革，这瓶酒的价格相当于我一个月的工资，现在我多么怀念那无须抚养孩子的单身汉日子，可惜它一去不复返了。

我老是说酒杯这样一些不痛不痒的事情，我知道已经离题太远，我完全知道这一点，我之所以这样不停地说酒杯，说完了酒杯还要说别的，潜意识里就是想要推迟那件事的到来，用别的事情来堵住它。

我的茶几是那种被拉长的椭圆形，在烛光下摆满了吃的东西，一大盆西红柿，被南红一只只剥了皮，切成块，使我联想起大块吃肉的江湖聚会，它们的红色使茶几显得热闹而充实。此外有四五只菠萝，我向来认为，菠萝是世界上最难削的水果，若要我削，宁可不吃，南红的态度跟我一样，我们等待第一个到来的男士担此重任。红的西红柿、黄的菠萝、绿的黄瓜，此外还有什么呢？我记得还有牛肉，整整一个下午，南红除了折腾西红柿就是折腾牛肉，我想起来她把这道牛肉称作"加利福尼亚牛肉"，我问她为什么叫这个怪名字，南红没有答上来，但她坦然地说这种做法就叫加利福尼亚牛肉，现在最时髦。我现在已经完全忘记了这种牛肉是怎么做的了，我不记得南红是不是用了我的电饭煲来炖牛肉（这样就应该有弥漫的蒸汽，肉香缭绕整整一个下午，茶几上热气上升，这些我一点印象都没有了），还是买来那种做熟的像石头的颜色和形状、又像石头一样坚硬的熟牛肉，她折腾只是因为太难切开（我没有居家的案板，她大概是在饭盒上用水果刀切的），切开之后她又要调上各种作料，这方面我总是缺东少西的，只有盐和味精。南红总是放下牛肉骑上她那辆紫红色的少女车上街买作料，快天黑的时候加利福尼亚（在边远的N城，这种叫法好像比加州什么的更神秘和时髦，时髦就是复杂和拗口，外省人往往不具备简洁明快的现代审美目光）牛肉诞生了，它被端到我的茶几上，但我对它的做法已经完全没有印象了，火车的声音轰隆隆，我在上铺摇摇晃晃，许多久已忘记的细节都一一重现，只有莫名其妙的加州牛肉沉落了。

现在，我终于走到了那件事的边缘，琐琐碎碎如西红柿和牛肉统统都说过了，我的面前毫无遮拦光秃秃的，事实上我一眼就看到它了，事实上我在说牛肉和酒杯的时候我心里想的全是它，我说东道西完全是想让自己放松下来，而它则在沉默中盯着我。

那个游戏是菜皮提议的。菜皮这种喜欢走南闯北走江湖的诗人比我们在座的大家都更有见识，他知道在各种各样聚会的时候玩的小游戏，这些游戏是为了活跃气氛用的，就像看手相、说笑话、诽谤他人一样。在那次以我为主人的聚会上，通知到的人全都到齐了，无人晚到，我的房间顷刻挤满了一屋人，这使我不知所措，除了南红和菜皮，大多数人都不能算特别熟，南红为了热闹把大家都拉来，大家也觉得这是唯一的一次，而且我马上就要离开这个地方了,不知什么时候还能再见到。我给每个人发了一个杯子,南红尽责地从家里运来了一批杯子和餐具来,她在我的书桌上将它们排成三排,显得很有阵容,蛮像一回事。

给每个人的杯子倒上酒后我就不知道该干什么了,大家刚吃完晚饭,人人端着酒杯看我,等我说点什么。

我平时有两种情况容易脑子发木,一是人多,二是着急。这次两样都赶上了,越急越木,越木越急,这时菜皮便建议做游戏,他让我拿出一沓纸,裁成小纸条,给每个人发三张,由每人在第一张纸条上写上自己的名字,第二张纸条写任意地点,第三张则写干什么。有人认真并且心善,就拣好的写,有的人怀了一点小恶毒,于是专拣恶毒的写。写完后揉成小团交上来,按类在书桌上摆成三堆,然后每个人抓阄,从每堆纸团里抓出一个,抓出的三个纸团拼起来就是一句主谓宾俱全有头有尾的话,再然后,完整读出手上的句子,这样每个人都有可能被摁到一个滑稽的境地里让大家笑一场。

第一轮抓结果出来,我的那张被小艾抓着,小艾是一名素食主义者,她细声细气地念出:林多米在家里发愁。这比较平淡,我没有介意,只等着听别人的笑话,"南红在人民大会堂下蛋","菜皮在鸡窝里上吊",小艾的那句令人羡慕——"小艾到白宫赴晚宴。"

抓到第二轮的时候我无端紧张起来,我忽然觉得这抓阄在别人都是游戏,唯独对我有着特殊的意义,怎么不是呢,这是为我送行的聚会,我这一去前程未卜,这不是大家为我抓阄又是什么?我暗暗盼望有手气好的人给我抓到一句吉祥的话,同时我又预感到这句我盼望的话是不可能出现的,而且我还开始认为第一轮的那句话是一个不祥的预兆,因为它太写实了,一点玩笑的成分都没有,既然它已经开了头,它还会继续冒上来,它绝不会中途而返甚至变成一个相反的东西。

果然有人说:多米,你这句怎么像大实话,一点都不好玩。大家听他念:多米在北京独自流泪。众人一愣,又纷纷说:不好玩不好玩,这句太没意思了。下一轮再摸,再摸。大家心不在焉地念完剩下的几个别人的句子,又踊跃地团起手中的纸条归齐,但气氛已经不那么轻松了,大家开始觉得这个游戏跟我好像有点什么关系,甚至是事关重大。

于是在第三轮亦是最后一轮的抓阄时,大家不由严肃起来,气氛一下变得有些庄严。这庄严的气氛揪紧了我的心,就好像我的命运不是由老天决定,而是取决于这群凡夫俗子,取决于这帮人与我的亲疏,他们心的善恶,而这些混乱的东西就要放在决定我命运的天平上了。我心情既压抑又紧张,脑子里一片空白,一点也不明白事情怎么就演变到了这个地步。我看着大家认真地各个抽取了三粒纸团子,不知道自己该做什么和说什么。书桌上三堆纸团一下子就剩下了光秃秃的三小粒,这也使我感到奇怪,这三粒小纸团在书桌上显得荒凉、弱小和丑陋,它们无助的样子碰到了我的心。

这时我听见旁边有人说:这是你的。我觉得这是一句大有深意的话,而这句话我一听就听明白了,我像一个顿悟了的人一下听到了这句话的深处,听透彻了,我想原来这就是我的,是一种命中注定。我本能地扭头看看是谁告诉我这句启示般的话,但烛光摇晃不定,我没看清楚是谁。过了一会儿我才明白,因为我没有抽签,所以剩下的纸团是我的。

房间里很安静。

每个人都仔细地展开手上的纸团,没有人说话,这使每个人看上去都显得高深莫测,连小艾这么单纯的女孩子都在这特定的时刻里变成了巫女,我又发现他们正好围着我坐成了一圈,这使他们看起来更像一些判官,掌握着我的生杀大权。我在半明不暗的烛光中望着这一张张忽然变得有些陌生的脸,看不出来到底是谁抓着了写有我名字的纸团。谁都有点像,同时谁都不太像。

大家也在等着,开始互相看。

这时老圆吞吞吐吐地说,多米,要不你自己看吧。我说:什么?老圆说:我念出来你会误会的。我说:误会,对。老圆把三张纸条放到我手里,有点委屈地说:我不是故意的。

就这样。这句命中注定的、致命的话,经过两次暗示之后在十三个证人面前出现了,我虽然预感到它会在今晚迟早要出现,但没想到它是这样直白,直白到不可能有任何别的解释,还这样密实,无空可钻。

三张纸条一张写着我的名字,一张是"林多米家里",一张是"上吊",连起来便成了这样一句话:林多米在林多米家里上吊。

这句大白话以它直白的力量横扫过我的身体,它迅速吸收了前面两句不祥的话(那是它的先声或影子),以及现场紧张不安(为什么紧张不安?是否有人暗中希望我此去身败名裂,头破血流,这些潜意识飘浮在空气中,成为一种气,游戏正好把这种气聚集起来,而谁都不是故意的)的气氛,变得更加富有质量威力无穷。

我想起前面的两句话,从发愁到流泪再到上吊,完全是每况愈下到最后无路可走的情景,从一个毫无逻辑可言的游戏、从有着巨大可能性的组合中间竟然出来这样三句天衣无缝的话,我实在难以阻挡心中的惊惧,我又想到别人名下的句子多少有一种超现实的荒诞性,如在人民大会堂下不了蛋在鸡窝里也上不了吊,人家轻而易举就把不祥的气息排除掉了,只有我的一句比一句写实。林多米在林多米家里,不祥的气息在这句话里凝聚,我看到这句预言一点点变得坚硬、锐利,它寒冷的光芒覆盖了那个最后聚会的夜晚。

这种时候我梦见铁钩,又猝不及防地记起了这个不祥的预兆,有什么事情将要发生呢?

第三部

我从东四十条地铁站出来，一眼看到港澳中心那熟悉的玻璃大楼闪烁着天蓝色的光泽，是真正的天的蓝色映照在楼体的钢化玻璃上，与它咫尺相对的保利大厦两只巨型的食指正不容置疑地指向天空，保利大厦的前额还悬挂着几只巨大的漂亮气球，色彩鲜艳，图案各异，这一切都使我注意到明亮的蓝天。我站在地铁站口，对着这片风格各异的建筑物看了一时，我快半年没看到它们了，保利大厦北面是少年宫，房顶由一些绿色琉璃瓦和一个有着菠萝表皮的球体组成，而港澳中心的南面是崭新的富华大厦，它全身雪白，缀满了圆柱、穹形的窗台，显得细节繁复，曲折有致，因而透着一股古典的巍峨，很像我想象中的歌剧院，可惜它不是，凑巧的是文化部的歌剧院基建工地就在它的旁边，那个火柴盒似的建筑总是完成不了。富华大厦全身雪白地在太阳下闪闪发光，它们全都在太阳底下闪闪发光，大厦、气球、立交桥环心的地柏和龙爪槐、汽车、自行车和行人，街心公园和报摊，全都在秋天的阳光下闪闪发光。

北方的秋天才是秋天，它令我精神一振，那些预兆的阴影、陈芝麻烂谷子此刻全都走开了，就像是许多梦中的一个，刚醒来还有一点影子和片断，一到大白天就消失得无影无踪了。

我一路向西走回家，阳光断断续续从树叶间的空隙落到我身上，街上的树有的已变得金黄，有的是绿中透黄，大多数还是绿的，看到有金黄色的树我就仰头看它的树叶，并透过树叶看蓝天，这时的蓝天深不可测而显其大美，蓝天映衬之下的金黄叶子则更加明亮炫目，它们将阳光吸附到自己身上，又均匀地散布在空气中，使空气布满了树叶与阳光的气味。

我一路走，感到阳光正穿过我的毛孔并在那里停留，使我全身的骨头发出嘎嘎的声音，这跟南方那种又闷又热的感觉完全相反。我全身的毛孔都在告诉我：一切都会好起来的，很快就会好起来。

闵文起的小房间还像我走的时候那样锁着门，我失业之前他曾告诉我，因为业务关系他要去惠州，时间比较长，不过估计一两个月就会回来一次。没想到他两三个月都没回来，直到我到深圳去他还没回来。

离婚的时候闵文起说既然我要带扣扣，就把这套房大的一间给我住，等以后单位分给我房再搬走，我虽然知道这样很不方便，但我对自己能否在单位分上房子毫无信心，而租房又太贵，就这样我们像大多数城市里的离婚者一样，离了婚还住在同一套房子里。

我一边烧开水，一边用冷水仔细洗了个脸，北京的自来水比南方的冷多了，拍在脸上的感觉像冰水一样，我最后一丝疲倦完全消失了。

我到菜市买菜。菜市使我感到亲切，就像回到自己的家乡，到处都是熟人，他们全都在原来的地方待着，一点都没变，鱼摊子周围仍是散发着腥气的脏水，卖肉的、卖馅饼的、卖咸菜、卖豆腐的，全都在原来的摊位上，我依次行过，秋天的瓜菜在阳光下闪耀着健康、结实的光泽，白的白菜，绿的油菜、黄瓜，红的辣椒，金黄的玉米和黄中透红的柿子，它们使我感到充实和平稳。我到鸡蛋的摊位问价，答说三元七角一斤，我清楚地记得春天我最后一次买鸡蛋是四元两角一斤，价格降下来这么多，我感到了生活的善意，在这个时刻我想起从前买菜，价格每往上涨一点，我立马就感到生活紧逼了一步，我觉得生活就像一个铁盖子，被一只无形的大手高举着逼近你,不定什么时候就彻头彻尾地扣下来了。但是我现在站在菜市中间,生活通过鸡蛋的价格变得松软起来了,隐形的铁盖子也已退远,生活就像菜市本身,使我不由自主地迎上去。

我又买了一种叫蛾眉的扁豆,紫色的、弯弯的,我小时候曾在别人家的豆架上看到过,开白色的小花,然后一只只薄薄的像新月那样的豆角垂下来,没想到在北京的菜市上能看到,一元三角一斤。我还看到了佛手瓜,这又是一种南方菜,看到它我倍感亲切,这种我小时候感到稀奇和神圣的瓜类也来到了这里,它们排列整齐,垒成三层,下方压着一张纸,上面写着:八角一斤。北方人一定不知道怎么对付这种佛手瓜,他们像烧冬瓜或南瓜那样烧这道菜,结果就变成了八角一斤,比黄瓜还便宜一半。

美好而亲切的事物在这个下午一样接一样地来到我的眼前,我不知道是因为它们我心情才好起来,还是因为我心情好起来它们才显得祥和。我幻想着能重新找到工作,然后就把扣扣接来上幼儿园,我早就打听过离家不远的那家大机关的幼儿园,赞助一千五百元就能进去,我还有一张两千元的定期存款单,一直没动,我忽然觉得自己有点想见到闵文起。这个想法可能一直潜伏在我的意识里,我在房间里来回走,抹灰尘,收拾东西,闵文起的房间上着锁,但是他点点滴滴的好处开始跑出来,进入到厅里、厨房里，以及我的大房间里，它们凝聚成一个往昔的闵文起（被我过滤过的，把坏的方面去掉，把好的方面留下来，是我的记忆与愿望混合的闵文起），那个往昔的他，在暮色渐近时出现在我的眼前，他用钥匙打开门，把菜篮放到厨房里，然后洗手，坐到沙发上抽烟，他是一个主动买菜的男人，拿着菜进家门是他经常的姿势，这个姿势在黄昏里出现，是这个男人顾家的证明。在提着菜篮的姿势后面是他扛米的姿势，这是一个需要男人的力气，伴随着汗的气味和微微喘息的声音出现的姿势，然后他站到了那架小型轻便折叠梯子（从前我们没有这把梯子，需要登高的时候我们就一起把书桌抬出来，再把椅子放到桌面上，他登上书桌，再登上椅子，我则双手紧扶着椅子腿，仰头看他换灯泡。后来有一天他就去买了这把折叠梯子，他说：这是一个家庭必备的东西）上，然后，温暖的黄色光线从他的手指漏下来，他瘦长有力的手指和微凸的关节被逼近的光照得通红。

　　天已经变黑了，我打开灯，闵文起重叠的姿势消失在光线中，我看了一下表，五点半，正是平时做晚饭的时间，我到厨房择蛾眉豆，我想如果闵文起回来，就请他一起吃晚饭，只需加炒一个佛手瓜就行了。

　　我竖着耳朵听门。一边擦洗灶台、窗台和洗碗池，这时我忽然醒悟过来，闵文起也许半年都没有进过这套房子了，我跑到卫生间，果然没看到他的毛巾、漱口杯和刮须刀。

秋天的风从远方隐隐地潜行，它们开始聚集，穿过广场和街道，树木和电线，从阳台和半开的窗户进入我的家。我心里充满了失落，厨房、卫生间和门厅也变得荒凉、冷寂，就像人流散尽的菜市，或者潮水退去的礁石。而风不停地进入，在我家的桌子、组合柜、床、书架、杯子、窗帘上堆积，然后它们舞动起来，从我的头发、双脚和指尖一直进入我的身体，直到我的双眼。

求职的过程是一个人变成老鼠的过程。

我再次看见自己灰色的身影在北京金黄色的阳光和透明的蓝天下迅速变成一只灰头灰脑的老鼠，我胆小，容易受惊，恨不得能有一处安全的洞穴让我躲起来，跟人的世界变成两个不同的世界，永远也不要接通，让我听不懂他们的语言，自然也不需要找工作，也不要吃饭，也不要穿衣服，我的扣扣自然也是一只小老鼠，就像从前无数次游戏一样，她偎在我的怀里说妈妈是老鼠妈妈，我是老鼠孩子。然后我带领孩子去觅食，我相信大米和黄豆到处都可以找到。如果实在没有，纸也行，找到食物我就和扣扣当场痛吃，我们的牙齿性能良好，啮合使我们快乐无比，我们躲在角落里，谁都不知道我们在这里，人的脚在我们看来就像一只大怪物，又笨又重，动作缓慢，毫无灵性，比起我们差远了，所以不靠阴谋他们根本伤害不了我们,在这些笨重的脚咚咚地到来之前,我们总能快速逃跑,我们飞奔的时候身轻如燕,有一种飞翔的快感,我们的肚皮紧贴地面摩擦而过,就像鸟类的翅膀与空气的摩擦。然后我们从安全的洞口探出头来看到那些笨重的脚丧失了方向,这就是我们胜利的时刻。

有时候我们需要往洞里运粮食(鼠类的这一习性是我们从童话里看到的,我们亲眼目睹的运粮队伍是蚂蚁,那种蚁类的长征曲折而悲壮,给我留下了深刻的印象,这使我把蚁类的事迹安放到了鼠类的身上),我们知道秋天就要到来了,秋风一起我们的皮肤就知道,我们认识落在地上的树叶,认识发白的泥土和枯萎的草,很早很早以前我们置身于野地,我们还没有看见过城市、街道以及下水沟,秋风一起我们知道收获的季节就到了,有许多谷子、黄豆悬挂在它们的树上,我们最喜欢收割之后的土地,那些散落在地里的谷子、黄豆和花生裸露在地里或者是禾茬之间,我们随地打一个洞就把它们藏起来。这真是十分的好!我这样想着,感觉到自己的皮肤正在变深、变厚,变成鼠类那样的深灰色,坚而厚,能顺利穿过臭水沟、荒凉的工地、被推平的废墟,我完全认同这是一种美妙的皮毛。我的眼睛像黄豆那么大,小而亮,是世界上最美的眼睛。我嘴部的形状果断而锐利,有鲜明的指向,不像人类的嘴是横着长,不得要领。还有,我的尾巴同样值得赞美，线条优美修长，而且兼备多种功能。

我对自己的各个部位都已确认，当一名自由自在的老鼠就是我此刻的理想，当然最好像童话里的田螺姑娘，白天是田螺安静地藏在水缸里，夜晚才变为人形，或者有人的时候变作一只老鼠，没有人的时候变回人，成为一名这样的耗子精据说要经历漫长的修炼，我只能望洋兴叹。

事实上，我的恍惚和幻想都不能改变我的现状，即使我躺在水缸里（做一只田螺）或者缩在下水道里，人的脸庞都会像一种流质般的软体到达我的跟前并且以正面对准我，空气会立即将压力传递到我的各个部位，皮肤、头发、眼睛、鼻子、耳朵，面对压力我立即还原为人，我痛切地想到：我为什么不是一只老鼠！然后我看对面的这个人，准确地说是一张人脸，人脸最让人恐惧，只有人脸最具备人的本质，人的其他部分经常隐没在黑暗中，只有他的脸从黑暗里浮现出来。他头顶有头发，面部光滑，横着两只眼睛，眼睛里是一种类似石头那样的冷光，鼻子在正中，有两个孔，并且奇怪地凸起来形成一个尖顶，人的嘴同样莫名其妙，就像被横着砍了一刀，而翻起来的暗红色的肉就称为嘴唇。这样一副面孔我越看越感到陌生和奇怪，就像看到一个外星人，他力大无比，无法驱赶，他要到哪里就能到哪里，无论是水缸还是下水道，你根本躲不开这些人脸，即使变成了老鼠，人的脸还会悬浮在周围。

我在这种面对面的压力下难以说出一句完整的话,眼前的每一个人,只要我去找他,就总是预先把他放在了判官的位置上,这使我事先就把自己吓得发抖,一次又一次,我无法控制,我明白这么害怕是愚蠢的,但是求职这件事就是一座万仞高山或万丈深渊,它是我永远也跨越不了但是活着就要面对的东西,那个人,那个我去找的人,他坐在办公桌的后面,他的头部就是一座万仞高山,他的脸在这万仞高山的众峰之中,变得狰狞而巨大,我说不出该说的话,从第一句到最后一句,我不得不像话剧演员那样背台词,我同时是蹩脚的编剧和蹩脚的导演,台词卑微、游移、缺乏自信,我在心里反复练习,颠三倒四,优柔寡断,有时觉得这一句要在那一句的前面,有时又觉得必须正好反过来,有时认为要靠哀情制胜,有时又觉得要以乐观感染人,我的台词完全像一些缺乏目标的蚂蚁在地上乱窜,忙碌而混乱,飞快地奔跑,碰到一棵草或一粒石子又立即折返,劳而无功,空耗体力。这些台词的蚂蚁就这样日夜在我的心里倒腾,不管我提前多少天在心里念叨、无数遍练习,这些蚂蚁永远形不成统一的队列。

然后我就站到了某个单位的某个部门负责人的面前,这时我的全身都被我无数遍练习过的台词蛀了无数个洞,我深感那些话根本不是什么台词,而是某种致命的、生死攸关的东西,台词这个词实在是太轻松了、太无所谓了，跟求职的话相比，一个是水，另一个是血。我站在判官面前，血液快速流动，涌到脸上，我的脸涨得通红，它们回流到心，我就一脸煞白，它们无法正常流动，在令人心惊的寂静中我听见自己血液流动的声音时断时续，在停顿的间歇中我突然惊觉，这是必须开口说话的时刻，巨大的静场横亘在我的面前，犹如波涛汹涌的大河，我必须横渡过去才能到达彼岸。但我不知道从哪里下脚，从某一块突出的石头或者是从一个低矮的草丛，无论从哪里下水我都害怕，我预先知道我永远到不了对岸，在我碰到水之前它们就已漫过我的头顶。

我听见自己的声音奇怪而可笑。

我不知道这到底是不是人的声音，抑或是石头的声音，它低沉而嘶哑，从一个被压抑的物体内部曲折地发出，缺乏连贯和底气，它在这间别人的办公室里突然出现又突然消失，没有来龙去脉前因后果。我的嘴在动，有一些气流从胸腔经过我的喉咙发出，但它们一点都不像我的声音。那些预先准备好的语词像蚂蚁突然被火逼近，呼的一下四处乱窜，一切全乱了套。

我的话就停在了半中央。

没有完，它就停在了半中央，孤零零地前不着村后不着店。这句没有说完的话本身就像一个听天由命破罐子破摔的女人，女人站在陌生人办公室里听候发落。

那个判官听懂了这句说了一半的话的意思，她是表示希望能在这里当一名文字编辑，这样的话男人已经听得够多的了，他们本来要在晚报上登一则招聘启事，现在没有登也一样来了不少求职的人，从即将毕业的大学生、硕士生、博士生到有经验的跳槽者，这个年纪不轻的女人根本就没有竞争力。

她鼓足勇气，她说自己的年龄，她认为这是至关重要的一点，白天黑夜她想得最多的就是，所有的单位都只招三十五岁以下的，她已经超出了一岁，她希望人家能在这一岁上宽限些。她小声说，她有工作经验，以前还发表过不少作品，她听见自己的声音虽然小，但它这回不像是石头发出的了，它完全是从自己的身体发出来、带着体温、化作自己的样子站在了房子的中间，她从自己的声音中听到了熟悉的东西，她感到身上的肌肉松弛了下来。那男人看了她一眼，她觉得这一眼还算和气，于是她进一步说她有北京户口，而且五年内可以不用单位分房子。

但是男人在又看了她一眼之后问：你为什么不在原单位干下去呢？

她好像被问住了。她无法讲清楚这件事，种种委屈铺天盖地而来，全堵在她的胸口，把她的声音全堵住了，她自己永远不愿去想这件事，即使她想说，也不知道怎么说得好一些。

她的眼泪不由得涌了出来。

男人过了一会儿才发现，他说这样吧你先回去，把地址电话留下，等我们研究有结果再通知你。

我知道永远都不会有结果的。

我低着头走出那人的办公室，避开电梯，从一个完全没有亮光的楼梯深一脚浅一脚地往下走，我从来没有走过这么黑的楼梯，别的地方多少都会有一点隐隐约约的光线，能看到一点模糊的轮廓，这里就像一个八面密封的空间，黑暗如同铁一样坚硬和厚实，深不可测，我完全看不见自己的手和脚，我整个人都消失在浓重的黑暗中了，就像突然掉进了一个无底深渊，被一个叫黑暗的怪兽一口吞掉了。我又害怕又委屈，眼泪停留在脸上，脚下机械地往下走，黑暗好像永无尽头（后来我才回想起，我是从十二层往下走），我越来越绝望，这种走不到尽头的绝望跟求职失败的绝望交织在一起，使绝望加倍巨大，无边无际，就像这黑暗本身。

我本能地往下走，奔逃的意志一点点苏醒过来。当我终于逃出那黑暗的洞穴，奔逃的情绪还浓重地停留在身体里，我飞快地骑着自行车，不顾一切地往前冲，我不知道自己是要逃离这个绝望之地还是要逃离绝望的自己，更可能是后者，我飞快地骑车就是要把那个流泪的、卑微的、丧失了信心的女人抛掉。

我一口气骑过了两个十字路口，这才发现我把方向完全搞错了。

直到我多次碰壁之后，我才知道这一次的失败微不足道，根本就不存在蒙受委屈的问题，一切都正常之极，气氛与提问、人的脸色，再也没有比这更正常的了，我实在是缺少经历，没见过世面，把正常的事情无限放大。

我又去找过三次工作，有两次人家直截了当地告诉我，他们单位不要女的，一家说他们不要女的是因为女编辑太多了，另一家说他们是开了会作过决议的，从此不再进女编辑，并说某某介绍来的一位女士也没进成。

第三家是我满怀希望的一家，是一家出版社下属的一张报纸，听说正好缺一名编辑，出版社各个编辑室的编辑谁都不愿去，我感到这种谁都不愿去的地方天生就是为我准备的，我早就知道并且深信那些好的位置、大家都抢着去的好地方永远都不会属于我，所以当我一听说有这样一个位置就觉得这跟我有某种缘分，它的召唤隐隐约约，使我在意志消沉的日子里振作起了精神，我重新觉得自己有能力去赢得这个职业。我决定用一段时间调整自己的心态，我打算先弄好自己的睡眠，被解聘以来我的睡眠一直不好，几乎一个星期就有三四天睡不着觉，第二天不管多晚起来都昏头涨脑，精神萎靡，我想假如我是用人单位也不会录用这样的人。

那个我隐约觉得有希望的位置唤起了我的意志力，我发誓要从日常生活做起，控制一切不良情绪和不良生活习惯，重新做一个自强自信自尊自爱的人，我对自己的要求与妇联工作纲领毫无二致，这样的口号遍布在所有大小报刊的妇女专栏、专版、专辑、专刊中，几乎每篇文章都能看到好几个，它们像一些红旗唤醒着我们的记忆，我走在工体路三百米长的阅报长廊上，这些自强自信自尊自爱的字眼不时地从报栏的玻璃里跳出来，像阳光一样照耀在我身上。我走路的时候有意识地提醒自己不要拖泥带水，做饭洗衣也尽可能地快捷简练，我要从行为方式上找回坚定、自信和力量，而我一旦意识到这些字眼，它们立即成为强有力的自我暗示，我感到它们就像一些细小而真实的分子附着在我的肌肉上，它们的力量贯注到我的心灵和大脑，同时它们又如一股气流，从我的心向外弥散，力量直达我的指尖，就这样它们在我的身体与内心互相呼应，它们的声音互相碰撞，像风铃一样。

　　睡前写三页毛笔字，这种治疗失眠的做法也开始奏效了，很久以前有一位老诗人告诉我这个办法，他曾有严重的失眠症，安眠药越服越多，后来自己找到了这个写大字的办法。这事我本来早就忘记了，现在算来已经有十年，在我离开N城不久，就听说老诗人去世了。这几天我忽然想起了这个偏方，我一下就想起了它，我奇怪之前也常常失眠，但为什么就记不起来，看来记忆与人也有一个缘分，它们的相遇正如一个人与另一个人的相遇，不到一定的时空点，两个人即使走得很近也不会碰到，这同样是充满玄机的神秘之事。当时我正在叠衣服，从阳台收进来的衣服散发出秋天太阳的气味，这使我比往常有更好些的心情把它们叠好，我在叠一件质地比较柔软的棉毛衫的时候眼前突然出现了一支毛笔，但不是那种崭新而完美的毛笔，崭新而完美的东西对我缺乏号召力，过于完美总是虚假的，带有人工性。在我眼前浮现的是一支用过的毛笔，普通的狼毫，有三分之二渗透了墨汁的痕迹，上端还是本来的棕色，对，这是一支用过的毛笔，我已经很多年没写大字了。对毛笔早已生疏隔膜，但这个时候它忽然又回到了我的手上，这是一件奇怪的事，我觉得它一直像行星围绕太阳一样围绕我旋转，在我看不到的地方转。

然后，在夜晚我打开新买来的墨汁，墨的香气顷刻弥漫开来，我深深地吸了一大口，久违的墨香使我感到无比亲切。我抽出新买的毛笔，这是一支柔软的羊毫，白色的笔尖挺拔而秀丽，饱含着美好的灵性，使我想起我跟扣扣讲的神笔马良的故事，我并不迷恋这个神话，但我十分羡慕那支神笔，设若我手上这支毛笔是神笔，我会毫不犹豫先画一沓钱，这沓钱的数目应该是三千元，我刚刚听说，我准备让扣扣进的那家幼儿园的赞助费已经从一千五百元涨到了三千元，即使这样也还算是比较便宜的，听说北海幼儿园的赞助费已经涨到了五万元，这使我们这些人连想都不敢想，即使有神笔，也只敢画三千元，有了三千元我的扣扣就能进幼儿园了。然后我还要画一沓钱，同样的厚，也是三千元，我拿着这笔钱立马就去买飞机票，现在的飞机票好买极了，到处都是售票点，我所在的这条街就有两家，东头西头各一家，拐弯的另一条街还有一家。我拿着钱到最近的一个售票点买一张飞往N城的飞机票，然后带上扣扣再乘飞机回来。然后我就用神笔画实物，吃的、用的和穿的，我要画猕猴桃，扣扣十分喜欢吃这种昂贵之极的水果，二十五元一斤，有一次发了奖金我咬咬牙给她买了一个，就花掉了五元钱，这么昂贵的价格我永远都不会忘记。紧接着我要给扣扣买那个叫狗拉车的玩具，有一次我带扣扣去百货商场买牙膏，不料她看中了紧挨着的玩具柜台上摆着的一只狗拉车，她牵着我的手走到柜台跟前，指着狗拉车说：妈妈买。我看价格竟是五十元，就跟扣扣说，这个太贵了，我们不要买。扣扣一听就明白了，她从小耳濡目染，常常听我说什么东西太贵没有买，所以我一说她就不吭声了。但我看她眼巴巴地望着狗拉车，她的眼神让我心酸，于是我对扣扣说：我们来买一个不太贵的。扣扣听了就瞪大眼睛在玩具柜台来回看，然后指着一只仅有儿童牙膏的一半那么大的塑料摩托车问我：妈妈，这个贵吗？我一看标价：八元。但这个玩具几乎是整个柜台最小的玩具了，扣扣一定以为玩具越大越贵，越小越不贵。我本来心里打算花三四元、四五元，但我还是买下来了，我实在不忍心让扣扣再失望，只是在出商场的时候告诉她，这是她十天的牛奶钱。

那个我将要画的、在过去的柜台中的狗拉车就这样在这片灰暗的记忆中来到，好在这种画饼充饥式的戏谑心情大大冲淡了我的伤心，我之所以有这样良好的心情来幻想马良的神笔，完全是因为有那个出版社报纸编辑的位置，这是另一只幻想中的大饼，能充一辈子饥，而且我觉得它已经遥遥在望，离我不远了。有了职业就可以不用出赞助费了，我的扣扣就能顺理成章地进这家出版社上属机关的幼儿园，而且每天有班车接送。确实一切都不同了。

这只尚未到手的大馅饼远远地散发的光芒就这样笼罩着我，使我心怀兴奋地坐在桌前，我把毛笔探进墨汁里，墨汁携带着它的香气，沿着纤细的毛毫上升，发出植物吸水时的簌簌之声，白色而纤细的羊毫变得纯黑发亮，每一根都饱含了墨汁，它们纷纷从原来紧紧挤着的状态分离出来变得松软可掬。我把笔尖轻轻按在纸上，羊毫柔软而润泽的质地通过纸获得了证实和加强并且沿着我的手指胳臂传导到我的全身，我按照字帖写下第一个"大"字，这本专为中小学生编选的《颜体大楷字帖》由简到繁，经过了放大制作，白字黑底，看上去十分舒服，"大太天、平夫不"，这些互不相干的字端庄深厚，同时又有一种憨里憨气的感觉，就像一群平头正脸衣着整洁的好孩子，我仔细地把它们一一按落到纸上，犹如从字帖上领回我的家。这个过程使我去掉了躁动、焦虑和不安，使我安静平和下来。

连续两天睡好了觉，我感到自己精神焕发，我从镜子上看到我的皮肤光滑饱满，细小的皱纹不见了，就像第二张潜在的年轻的面容战胜了憔悴的面容而浮现出来。我重新开始喜欢自己，我从自己的脸开始再次接受这个世界，从脸扩展到头发（这时我发现自己的头发太长，长年的马尾巴发型使头发感到疲惫，我决意马上把它剪短，这个念头占据我的同时我顷刻感到头上变得轻快极了），胸部依然挺拔而年轻，腰凹陷、瘦削、轻盈，腹部结实、平滑，在这个年龄生过孩子的女人中算不错，它不像终生未育的女人那样贫瘠，也不像那些一生孩子就膨胀的女人那样累赘。

我既爱我的身体，也爱我的大脑，既爱我的大脑，更爱我的心灵，我爱我的意志与激情，我爱我对自己的爱，自爱真是一个无比美好的词，就像一种奇妙的精神大麻，完全改变你对世界的看法。

接着我重新喜欢我手上拿着的梳子，这把木质的梳子朴素简单，能够保养我的头发，我爱面前的镜子、木凳、方桌、洗脸盆、杯子、牙刷、地板、墙壁、窗户，我爱窗户外的楼群、树木、草地、小卖部、报摊、邮局、电车、电车的长辫子和电线，人流、自行车、垃圾桶、下水道，我爱包含着这一切的街道，我既爱连接着我所在的宿舍楼的街道，也爱所有不相干的街道，我爱街道一直通向的那些公路，公路所连接的田野、农舍、电线杆，以及连接着的更遥远的群山，太阳从那里升起，降落到我的头发上。

这时我觉得自己有点像惠特曼，那个歌唱自己的人，我至少有十年没读过他的诗了，我血液中那点作为人的自豪感也在京城忙碌的生活中消磨干净，想不到他现在走了出来，沿着一条青草繁茂、尘土飞扬的乡间大道，而这条让人心情开朗的大道就在我的窗外。诗人惠特曼，他在我的血液里潜伏了十年，现在我看到这些绿色的草叶带着生命的光泽在我体内迅速成长、抽条，而我将要重新像一棵年轻的树木（或一棵草，在我的眼中它们完全等值）出现在这个充满着高楼、玻璃、水泥与沥青的城市。

然后我走到大街上，阳光再次从我全身的毛孔长驱直入，我先到一家简陋的发廊把我八年一贯制的长发剪掉，剪了一个十分短、短得有时髦嫌疑的发式。剪发同时也成为一种仪式，旧的扔掉，以获新生。我望着镜子里大不相同的自己，心想这么长的时间都没换发式，上一次剪发还是在N城，全N城独一份的丹麦发式，意气风发。生活就这样毁了我，而我现在才浮出来发现这一点，我探出头来，眼睛明亮，看到自己多年的马尾巴憔悴、疲劳，它耷拉在我的后背使那里沉重不堪。

我心满意足地将自己的短发看了又看，接着我发现了自己的灰衣服，我现在最不喜欢的就是灰色，它象征了过去灰扑扑的生活，它既是灰色的衣服，又是灰色的围墙、灰色的大院、灰色的楼房，我从存款里取出了一百五十元，理发花掉了十元，我带上全部剩下的钱，从东四到三里屯，最后选中了一件双层的奶白色短风衣，这件衣服可以从秋天一直穿到初冬，根据气温的逐渐转凉，里面可以依次穿上短袖T恤、长袖T恤、薄毛衣、厚毛衣，奶白的颜色，配什么都不会太混浊。我对这件衣服十分满意，一路快车骑回家，头脑里满是我的各色毛衣（我的毛衣从来不扔，不送给灾区人民，这个世界从未给过我安全感，总觉得自己有朝一日也会跟灾区人民一样饥寒交迫）配在这件短风衣里面的样子。

我首先找出一件黑色低领紧身薄毛衣穿上，胸口那里一大片空白，这使我想起南红送的一样饰物，一颗玲珑剔透形状像水滴的水钻，南红说这是一种人工钻石，假的，她们管这叫"水钻"，南红说管它真的假的，好看就行。这颗水钻她已经戴腻了，就顺手送了我，珠宝行里眼花缭乱地不停进货，南红攒了不少真假首饰。她告诉我用一根黑色圆绳子，让水钻正好在脖子的正中间，绳子千万不要太长，不要挂到胸口下面去，那样松松垮垮的很不好看，那还是去年冬天她到北京来的时候送给我的，我曾经戴过一次，后来就把它忘了。我找出戴上，一颗晶莹闪烁的水滴就悬挂在我颈窝的正中，它的光泽使我的身躯和脸部笼罩上一种妩媚的魅力。

我带着新的形象开展了新的一轮行动，我真愿意说这是一场新的战斗什么的，战斗这个词潜伏在我早年的阅读经验中，充满了激情和信心，使我产生了一种非和平时期的亢奋。

我打听到这家出版社的一名领导是我母校的校友，这个消息犹如一道神启，使我清晰地看见了亮光，这道亮光从茫茫的人海中打开了一道隐秘的缝隙，刚好有我的身体那么宽，我将走进这个通道，而某种浮力将托举我的双脚，一切障碍都将挡不住我。我在自己制造的亢奋中被这粒消息的火种弄得燃烧起来，我到这位身居要职的校友的办公室找他，我从容、大方、不卑不亢，我估计自己表现不错，校友说他一定帮忙，报纸正好是归他主管，正好是缺一名编辑，他将在下个月的社务会上提出来，他说这件事虽然不敢打包票，但成功的希望还是比较大的，保守一点说也有八成。我在当天下午又去找了兼管报纸的室主任，主任很热情，说最好能抓紧办过来，一堆活正等着人干呢，社里的其他编辑谁都不愿来。

既然直接领导和主管领导都说没问题，出版社又有独立的人事权，我觉得这次很有可能成功。我一直就是这样认为的，我不急不躁，耐心等着听结果，这中间我再也没有去找别的单位。我的心情变得开朗起来，我的失眠症也差不多好了，我每天晚上临两篇大字，比刚开始的时候像样一点了，我觉得这比练气功简单有趣，又不至于走火入魔，我想到等我把扣扣接来，也要让她每天练写毛笔字，穷人家的孩子就不要去想学什么钢琴，任何一点奢侈的念头都不要有，否则就是自寻烦恼。我要让扣扣成为一个朴素的人，一个脚踏实地的人，从小就不要有不切实际的幻想，这样才能保证她在精神上平安成长，不至于自杀或者精神崩溃。报纸报道孩子自杀的事件真不少，当不了第一名就自杀，分数低两分就自杀，自杀这个字眼像闪电和惊雷，布满晚报或文摘的社会新闻版，它既烧灼父母的眼，更烧灼父母的心。

我在电话里对扣扣说：好扣扣，妈妈再过两个月就把你接回来。扣扣说：要把爸爸找回来。

闵文起一直没回来，不知他在惠州出了什么事，我送扣扣回N城的时候他曾经给了两千元，是扣扣一年的抚养费，我如数给了母亲，现在一年过去了，人却找不到了。不过闵文起不是那种逃避责任的人，我想他肯定是出了麻烦，我希望他的麻烦不要太大。

在等待的日子里我去找许森。

看到我他的眼睛一亮，他说：多米，我差不多认不出你了。然后他帮我把风衣挂在衣架上，还找出一双新的草编拖鞋给我换上，他说是出差在南方买的。

草拖鞋的草是那种普通草席的草，颜色介于米白与金黄，比麦秆淡，比稻草鲜，这样柔和的颜色弥漫在草的质地里，犹如一个饶有情韵而不张扬的女子，十分合我的心意。而塑料拖鞋像粗疏浅薄的女人，皮拖鞋则像慵懒无聊的阔太太，绣花拖鞋大概像精致而小气的小家碧玉，都不是我的理想所在。可惜已经是深秋，我穿着线袜，比较厚，如果在夏天穿着丝袜，或者在自己家里，光脚伸进草拖鞋，就像赤足踏在草上，酥痒顶上脚窝，全身都会松下来。草的气味从紧密的编结中上升，我弯腰的时候闻到它鲜明的气味，草为什么干了这么久还能散发出气味来呢？这是我长久以来的疑问，它现在在许森的门厅里又浮了出来，这使我看上去显得有点心不在焉。于是许森问：你不喜欢草拖鞋吗？

然后我闻到了一丝若有若无的高档香水的气味，我对香水缺乏鉴赏力，从来不用，直到现在也叫不出任何一种香水牌子的名字，我只是凭空认为许森的香水是一种高档香水，因为它一点都不让我头晕，而他的妻子又在法国，所有法国香水都是高档香水。我到卫生间洗手，神思恍惚，许森问你是不是有点热，要不要把毛衣脱了。我低垂着眼睛没有看他，但我觉得他的眼睛正落在我的胸前，这个发现使我立即意识到自己的紧身毛衣，意识到被紧身毛衣所勾勒的身体，特别是意识到我的前胸，我顿时不知道自己应该缩着身子还是应该挺起来，这使我的动作变得忸怩，琐碎，我下意识把茶杯的盖打开又盖上，同时我感到许森在看我，我感到胸部比平常要重一些，而且有点发胀，我开始回忆平时的感觉，对，它们平时一点都不重，除了洗澡我基本上感觉不到它们的存在，它长在我的身上就像我的脚后跟，平时我吃饭、喝水、上街买菜、做饭、看书、写毛笔字，我一点都没有格外地发现它。这种对比使我感到乳房越发沉重，它沉甸甸地悬挂在我的胸前，它向外凸出的形状使我感到即使隔着紧身毛衣也是裸露的，我便控制自己的呼吸，不让胸前明显起伏，但我感到在我轻而缓慢地吸气时它还是微微地耸立起来。我真想用手把它们挡住。

我想许森把这一切都看在了眼里，这样一个对女人有着丰富经验的人已经千锤百炼，他即使不看也能感觉到，虽然他的文章平庸无味，他对待女人却有可能才华横溢。他说：现在你显得年轻了，也漂亮了。然后他就坐在我的旁边，用手轻轻按住我的肩膀。

他的手像树叶一样在我的肩头拂动，我身体的第一阵收缩尚未过去，树叶的第二次拂动就已到来，它完全打乱了我收放的节奏，我一时变得呼吸不匀身体僵硬，我的肩膀既敏感又麻木，或者说一时敏感一时麻木，感觉十分奇怪。这时树叶运动的方向却改变了，或者说是风的方向，风的源头就是许森，"风吹藤动铜铃动,风停藤停铜铃停",这是我教扣扣念的绕口令,现在的情况是风吹藤动树叶动,树叶从肩头到我的脖子,他坐在我的右边,他左手的手指停留在我脖子的左侧,那里有一根血管,他的手指准确地找到了它,他的手指这时变成了一只虫子在我脖子左边的血管上爬来爬去,有点痒,虫子忽然停了下来,停了一会儿,许森说,你的心跳得真快。树叶重新拂动,从我的头发到我的脸,我脸上毛孔的无数细小的眼睛在树叶的拂动下一一闭上。闭合的颤动像细小的涟漪一直扩散到我的心。

我不说话,这使整个态势看起来像一种默许,我是不是默许他的一切动作呢?我拿不定主意,我已经很久没有过这样的经验。我的头脑茫然失措,但身体的欲望在苏醒,这使我处在一种欲醉欲醒的状态中,一种类似于酒的东西从许森的身上弥漫过来,通过他的手,注入我的毛孔。

他抚摸我的脸,他不说话。忽然他一下把我抱起来,失重的感觉劈头盖脑地把我打翻了,眩晕使我闭上了眼睛。他没有到有床的地方去,我全身在他胸口的高度浮动了片刻又结结实实靠在了他的身体上,我想他是在沙发上重新坐下来了。我感到有瓣温热的橘子落到我的脸上和脖子上,它干燥的筋骨在我的皮肤上摩擦,但很快它就打开了一道缝,因为我感到有一小片热气从那里出来,它突然又抿紧了,我被包含的那点皮肤顷刻灼热而潮湿,他的舌头飞快地掠过我的皮肤，就像是一种陌生而危险的动物触到了我，我一下惊叫起来。

他说你别怕别怕，不要怕。他说你都生过孩子了怎么还害怕这件事呢？他还拍拍我的脸说：会很好的，会非常好，非常舒服。说完他就俯下身亲我的嘴唇，他的动作很轻很小心，生怕会吓着我。与此同时，树叶又开始落到我身上了，它有点发热，它一停留在我低领毛衣的那一片裸露的肌肤上，我马上又感到了乳房的重量。树叶在我的领口拂动了一下，我觉得它快要进到我衣服里面了，它在领口的边缘来回晃动，既像犹豫又像询问。但我没法说话，我的嘴唇在他嘴唇的下面被紧紧压着。我用一只手挡在胸前，他拿开手，长驱直入，一切土崩瓦解。我犹如一截被浪涛驱赶的木头飞快前进，我方向不明、意志丧失，而浪涛从四面八方涌来，前后左右挤压，汹涌澎湃的波浪从我的胸部降落，顷刻覆盖我的全身，它以雷霆万钧之势一下把我举到了空中，我紧闭着眼睛，但我知道我正在一道万丈瀑布的顶端，一眨眼就会随着飞瀑顺势而下。

我感到衣服在松动，就像有一些虫子在搬动我的扣子，我的扣子十分紧，虫子们又忙又乱。间隙使我清醒过来，我本能地用手驱赶那些叮在我衣扣上的虫子，我赶不开它们，我看见自己正在这道万丈瀑布的顶端，马上就会随着瀑布掉下来，激越的水流不可阻挡，它将把我彻底吞没。而现在正处在一个暂停的时间，就像正在放的录像按了暂停键，谁再一按，画面就会恢复流动，而我将被激流席卷而去。那个暂停键就是我衣服上的扣子，那个操纵画面的手就是停留在扣子上的虫子。我感到这件事有点不应该，有点不对，我在道德上一直没有坚定的认识，我左右摇摆，时而传统，时而现代，我拿不准应该怎样看待许森（他是一个流氓吗？他是一个乱搞女人的人吗）和怎样对待他（是拒绝还是接受？现在还来得及），同时我也不知道怎样看待自己（我是不是一个荡妇？是不是一个以肉体换取职业的女人？要知道，许森也是可以帮我找到工作的，我曾打算在走投无路的时候就求他帮忙），不知道应该停下来还是应该放纵一次。所有这些念头在我脑袋里飞来飞去，互相纠缠，乱成一团麻，也许根本不是麻，而是一团雾，因为它们根本不是由一根根线组成的，而是比线更分散，它们是一些颗粒，成为一团紧密的雾充塞在我的脑子里。

我的毛孔张开又闭拢，潮汐汹涌又退却。本能犹如天空，宽阔无边，理性则如一道闪电，在瞬间将天空撕裂和驱赶。在我的身上，虫子刚刚战胜了衣扣，按键刚刚被按下，我闪电般地挣脱了出来，我说我要喝水。我坐起来拿杯子，却把茶水打翻了，许森不得不为我倒水。一喝水事情就发生了变化，水这样一种东西真是奇妙，它从我的喉咙进来，迅速渗透到身体的四面八方，肌肉、骨头、血液,那些小小的火焰,飘动的火焰,碰到水就熄灭了。我长长地呼着气,身体松弛下来。

许森问:你怎么啦?我摇摇头。摇头真是一个最好的动作,包含了一切的不,不知道、不要、没关系等等统统都在其中,但我若将它们一一说出就太没趣了。许森重新扶着我的肩膀,他问:你怎么啦?他又在我的耳边低声说:我以为你想要,我看到你的身体想要……到底怎么啦?我再次喝了一大口水,然后我说:对不起。许森去上厕所。然后他坐到我的对面,他看了我一会儿,说:你不要不放心,我会帮你找到一个工作的。

我不作声,他的话把两样不相干的事情连在了一起,或者是我,或者是他,或者是我们两个人都在暗地里把这两件事连在了一起。我来找他本来没想到求他帮忙,我觉得我的工作已经不成问题,这使我心情很好,而许森是我在这个城市唯一一位我既喜欢与他交往又是独身的男人。

我乱糟糟的想不清楚。不管想清楚了还是没想清楚,事情一到了脑子里,欲望和激情就全部消退了,我没有从瀑布的顶端顺流而下掉入水中,而是从空中落到了沙滩上,咚的一下。

求职再次落空了。

有什么事情比自己的错觉更糟糕的呢?判断失误,期待落空,完全不是你想象的那样。

我现在对一切细节都没有记忆，在混乱的绝望中浮上来的只有那句话，从出版社的领导嘴里说出来，他是转述，但我直接听到的是他的声音，他的声音从天花板和他的办公桌传过来，显得有点奇怪。这个声音说：那天你来社里，有个副社长在楼道看到你了，他的意见是，出版社的女编辑，既不要长得太难看，但也不要长得太好看，生活方式既不要太守旧，但也不要太新潮。

女编辑，不能难看，也不能好看；不能守旧，也不能新潮。

这几句话在穿越了我的大脑嗡嗡作响的混乱和颠三倒四的翻腾之后，自动排列成了以上的形状，关键的词就像一些坚硬而有着怪异生命的角质植物在一片语言的草地上耸立起来，对，它们自己有生命，像一些精灵，自己知道应该以什么方式排列，怎样最有力量、最简洁。它们一个字一个字敲击着我的身体，像一些凶猛而又壮硕的蚂蚁（不是生活中的蚂蚁，而是某种像木偶般动作僵硬的机器蚁，是这个机器时代的产物）一只又一只地钻入我的心，它们这些外星蚁、机器臭虫，冰冷而坚硬，完全不是肉做的，没有血，它们永远不会知道人是怎么一回事。但是它们进入我的身体之后又手拉手围成了一个圆圈，把我紧紧地围在了中间，一点空隙都没有。女编辑，不能难看，也不能好看；不能守旧，也不能新潮。它们的嘴一开一合，整齐地朗诵以上的句子，它们的声音既是蚁语又是雷鸣，我被圈在圈子里，任何方向都能看见它们洞黑的嘴张开又闭上，如果闭上眼睛，我会误认为这是某种童谣或民谣，一睁开眼睛则意识到它实际上是咒语，它布满在空气中和石头里，街道、汽车、电线、煤、烟囱，处处都有它的影子，然后在某一天，它们聚集到一个人的身体里，排着队，从这个人的喉咙里整齐地蹦出来。

就是这样。

对，我现在想起来一点细节了，我首先想起来的就是石灰的气味，这幢灰色的大楼内部的墙壁正在粉刷，它又灰又旧，已经几十年，岁月一层一层堆积，在堆积中腐烂和陈旧，散发出朽坏的气味，令人感到不祥、沉闷。粉刷就是用一层石灰水把一切都覆盖住，使它看起来干净清爽。我进门的时候看到一个人提着一桶放着一个长把刷子的石灰水，他蓝色的衣服沾上了一些白色的斑点，我朝两头光线昏暗的走廊张望了一下，看见一个粗糙的木梯子正立在一头走廊的灯光下，两腿叉开，恰是一个冷漠而高大的男人形象，它让我想起活体试验的主刀人、监狱外手持电棍的狱卒、往太平间抬尸体的人，或者是来自太空眉脸不清毫无感情的太空人，这个形象使我感到恐惧和不祥，我上一次来的时候这些东西都没有，它们为什么在这个时候出现呢？

我走上楼梯，感觉一点都不好，迟疑和惊惧尚未消散，楼梯正对着的一大块墙壁上是个大橱窗，里面展示着该出版社出版的经典名著，这是出版社辉煌的实绩和端庄的面孔。我在橱窗跟前停了下来，我从它的玻璃上看到一个女人面容忧郁，她理着很短的头发，穿着低领黑色紧身毛衣，脖子中间有一颗亮晶晶的水滴，像一滴在阳光下闪光的真正的水停留在那里，毛衣的外面她套了一件米白色的短风衣。上一次来我也是这样打扮的，我也曾站在橱窗跟前看，那时候我目光明亮富有生气，我不知道问题是不是出在这里。我回想起上一次我站在橱窗前，是有一个人从楼梯上走下来。他走得很慢，是一个岁数不小的男人，我没有正面看到他，不知道他的面容，他也许就是出版社的另一个头，他看了我好几眼，我没有去找他，我从橱窗的玻璃上看到了他的身影。一个模糊的身影就能对我的生存构成威胁，这到底为什么？我不知道我到底算难看，还是算好看，到底算守旧，还是算新潮。我想我正是中庸无比的啊！正是既不难看也不好看，既不守旧也不新潮，我不知道他从我的脸上和身上看到了什么，也许他什么都没看，看到的只是一个女人，这个女人来求职，却没有去找他。

我从出版社的大楼出来，阳光一片冰冷。黄色的光照射在我皮肤上就像秋天的雨，使我身上一阵阵发冷，我从未有过这样的体验，这种颜色的光线在我皮肤上产生的截然不同的感觉使我感到陌生极了，天空和街道，汽车与树木，全都由于这种奇怪的阳光而显得恐怖，我意识到有什么东西本来就隐藏在这些事物的背后，时候不到我发现不了它们。黄色的光，黄色的光线到底来自哪里呢？

我身体的水分在干枯，我站在大街上，像一种没有根的植物，在黄色的光线的照射下迅速枯萎，我的身体变得轻飘飘的，像枯草一样轻，像灰烬一样轻。风一吹，我的手臂就会像翅膀似的扬起来，我的整个身体都会飘到空中，而这种冰冷的黄色光线仍将继续穿透我的身体，我看见自己像一只断了线的纸风筝，飘荡在这个城市的上空，无数烟囱喷出的浓烟和风沙、灰尘劈头盖脑地沾满了这只风筝。

随着我身体的重量被抽取，我的心却像注了铅一样越来越重，它变重的过程就像针扎，无数针尖从黄色光线中呼啸而出，进入我的心，我听见它的声音嘎嘎响，硫黄般焦煳的气味从我的鼻子和喉咙、眼睛和耳朵里冒出来，一些火苗紧跟着跳出来，在这个干燥的一触即发的初冬里游走。有一朵火苗轻车熟路，来到我从前工作的大院，那里有两棵树木已经死去，所有的草都已枯黄，这真是一个绝好的季节，一个绝好的时机。一点就要着火了，火苗看到枯草，犹如孩子看到蛋糕，一滴水看到一条河流，它义无反顾地扑过去，呼的一下，一朵火苗顷刻变成无数火苗，它们连成一片，你呼我应，汹涌澎湃。它们无声地燃烧，犹如一群哑巴，怒目苍天，在灰色的院子中，比落日还要壮观。

更多的火苗壅塞在我的心里，它们的重量是铁的重量。我看到我的心从我轻薄无比的身体掉出来落到地上，发出咚的一下响声。从此我的身体和心，一个在天上，一个在地下。

我骑着自行车在街上乱走，我对街道和人流毫无感觉，它们就像从我身旁掠过的空气。我一股劲地往前骑，落叶在我的前方飘落，"我已经枯萎衰竭，我已经百依百顺，我的高傲伤害了那么多的人，我的智慧伤害了那么多全能的人"，这是谁的诗？谁的诗呢？"每一个夜晚是一个深渊，你们占有我犹如黑夜占有萤火，我的灵魂将化为烟云，让我的尸体百依百顺。"

这是谁的声音呢？

我在街上胡乱骑了很久，我不想回家，后来我看了一下周围，发现我正在东直门内大街上，这里离许森住的地方已经很近了。对，许森，此刻我希望他压在我的身上，让他的骨头压着我的胸口，让他的脸压着我的眼睛，让他的身体像石头那么沉，像铁那么重，把我的身体的血液砸出来，把我最后的水分压榨干，让他身上长出长刺和剑戟，既锋利又坚硬，插进我的内脏和骨头。

我的身体已经麻木，任何东西都不能压疼我，我的血液快要冷却了，马上就要像冰一样。让我的心在天上，像冰山之上的月亮，俯瞰这个没有知觉的身体，它正在泥土中，与泥土成为一体，任何东西将不能再伤害她，不管是野兽还是雷电。

许森的家房门紧闭。

我敲门，一次比一次加重，后来喊他的名字，但没有任何声音传出来。他是不在呢？还是跟别的女人在一起？没有人知道。

门在这个时候是一种奇怪的东西，或者说我忽然发现它是如此奇怪，在这一天，我发现所有的东西都变得奇怪，门本来是门，但它瞬间变成了墙，门都变成了墙，统统都变成了墙，没有一丝缝隙，却有一只阴险的猫眼，不动声色地瞪着你。阳光本来是阳光，但它说变就变，变得像冰一样冷。

我神志恍惚，骑在自行车上觉得就像在泥泞的泥地里走路，深一脚浅一脚的。也许车胎一点气都没有了，脚下十分滞重。不知什么时候开始起风了，打着一个又一个旋，从地面把垃圾和尘土一团一团地卷起来，初冬的树枝上残存的最后一批树叶正在被刮落，有两张落到我前面的车筐里。

天正在暗下来，我想起自己早上九点出门，中午什么东西都没吃，既没吃饭，也没喝水，一天在混乱中不知不觉就过去了，充满在头脑里的是一些互不相干乱七八糟的东西，黄色而冰冷的光（现在它已经没有了）、沾满石灰水的木梯子、灰色的楼、门上的猫眼等等，它们搅成一团，互相重叠和撕扯，变成噪音在我头脑里嗡嗡作响，使我对别的东西一概听不见。我想我也许快要发疯了，那些发了疯的人之所以在大街上旁若无人地手舞足蹈、大哭大笑大叫，肯定就是因为他们根本听不见别人说什么。也看不见周围的一切。我要是真的疯了就好了，疯狂是一种真空，一步跨进去就身轻如燕，完全自由，对一切包括对自己都不用负责任。我想象自己衣衫褴褛在街上狂歌狂舞，可以到广场上撒尿，把口水吐到橱窗上。我想起阅报栏的橱窗里有一篇文章的标题为《下岗与妇女解放》，竟然认为下岗是妇女解放的一个途径，这都是吃饱了饭没事干的人写的，如果她们下了岗，没有任何收入、饿着肚子，她们还会说这样的话吗？饱汉不知饿汉饥，这是千真万确的真理。如果我疯了，就可以去杀人、去放火，放火这件事真的可以去试一试，连汽油都不用准备，到处都是一点即燃的物质，我呢，用身体变作一朵火焰，风助火势，一去千里。听到自己身体毕毕剥剥燃烧的声音，将是一种难以取代的高峰体验。我不止一次想到过这件事情……身体的火焰在聚集，趁着天黑风急，我是否去一展身手？

一个疯女人，一个快要发疯的女人，她光着脚、披头散发（如果我疯了，我的头发一夜之间就会长长，长到肩头及腰间，长得足够藏污纳垢，长长的头发互相纠缠打着结，盛满灰尘，像枯草一样干燥，古今中外，所有疯女人都是这样披着一头又脏又乱的长发，怒目苍天）、衣衫不整在街上行走，但她身后如果跟着一个四岁的孩子，一个没有父亲抚养的孩子，这一切又该怎么办呢？

路过东四十条的时候我想到了我的扣扣，东四十条的那个幼儿园是我向往已久的幼儿园，每次路过我总要放慢速度，满怀艳羡地朝里张望，它绿色的大门在我看来就是宫殿的门口，神秘而高不可攀，我无端对它怀着深深的敬畏，它常常关闭得严严实实，一点缝都不开。那里面，墙上有壁画，色彩鲜艳、线条稚拙，布满了花朵与动物，它们远离尘世，完美而快乐，那棵高大的槐树下彩色的滑梯正如登上天堂的梯子，每一个孩子都能从这里走上云端。但是我的扣扣现在被一座大山挡住了，有半年时间里我一直以为扣扣能够走进这个有着大树和葡萄架、动物与滑梯的地方，我常常幸福地幻想在下午五点我在这扇绿色的大门跟前等候接扣扣的情景，但是大山从天而降，凭空又扩大了一倍，本来要赞助一千五百元，现在加到了三千元，就像有一个魔鬼，它吹一口气就把山吹大了，念一句咒语就把山稳住了，它专门要跟孩子过不去，是最恶最无人性的魔鬼。

我随着惯性往家走，天完全黑下来了，我摸黑打开信箱，盼望有母亲写来的关于扣扣的信。但我看到了另一封信，是N城文联的一位朋友写来的，她是我在N城除母亲外唯一有联系的人，她一直写诗，三十五岁了还没有结婚，我把这看作是她喜欢写信的原因之一,她不愿意与周围的人交往,文联也无班可上,在N城漫长的白天和漫长的雨夜,在无穷无尽的时间里,写信大概是她除了看书和写诗之外的一种生活,信毕竟通向一个具体的人。

但这次她告诉我一个惊人的消息:南红死了。她说她刚到深圳参加了一个笔会,在深圳她给南红挂电话,南红的同事说她两天前刚刚火化掉,是宫外孕大出血,一开始的时候以为是急性阑尾炎,医院处理得也不够及时,后来就晚了。N城的信使我头脑一片空白,我已经极度疲劳,各种疯狂的念头把我全身的力气都抽走了,身上的肌肉就像一丝一丝的干燥纤维,而南红的血,从那封N城的信中流淌下来,一直流到我的床单上和地板上,它们鲜红的颜色在黑夜里闪烁。

我和衣躺在床上,关上灯,既不想吃东西,也不想喝水,我眼前满是南红的脸和她的眼睛,她身穿睡衣站在深圳的房子前向我招手的形象再次出现在我的床前。

我问她:你为什么变得这么薄?

她说:我的血已经流尽了。

我说:那你怎么还能站得稳呢?

她说:我是站不稳了。

我说:那你躺到我身边来吧,我把我的血输一点给你。

她躺到我给她腾出来的半边床上。我摸到她的手,像冰一样冷，但我一点力气都没有了，我跟她并排躺着，我发现我的手也在变冷，变得跟她的手一样冷。我忽然意识到，她的血也是我的血，它正从我的子宫向外流淌，而我的身体也正在变轻，变得像纸一样薄。

我昏昏沉沉地不知躺了多久，电话铃声把我吵醒了。母亲从N城打来长途，她说扣扣发烧三天不退，已经在医院里打了一天点滴，她希望我明天就动身回去。母亲又说本来不想告诉我，但这事责任重大，所以还是让我尽早回去。她的语调冷静从容，并没有什么惊慌失措。

放下电话我坐在床沿上发愣，简直是中彩，所有的事情都发生在今天，就像一出戏，到了高潮的部分。生活总是比戏剧本身更戏剧化，如果置身其外，戏剧会使我们兴奋，浓缩的生活充满激情，使人像火一样燃烧，噼噼啪啪鼓掌的声音犹如火焰燃烧的声音。但我们不幸置身其中，在同一天，各种打击像石头，接二连三地砸到你头上，让你喘不过气，又像扬在你头顶的泥土，一铲一铲又一铲，足够把你埋掉，连哭都来不及。

到天亮我就到火车站去，我不知道怎么才能上得了这趟开往N城的唯一的列车，我只知道我必须上去。或者死，或者挤上这趟火车，没有别的选择。肯定买不到卧铺票，也不一定买得到座位票，如果买一张站台票，还要向别人借一张当日的车票。即使有了站台票，也不一定能混上车，这里是首发的大站，一切都很严格。我的面前是无数的规则和栅栏，无数的绳索和障碍，我已经没有能力越过它们。而这趟火车将准点出发。

它将越开越快，呼啸而去，像闪电一样迅猛，像惊雷一样无可阻挡。一节又一节黑色的车厢，它们到底是什么？

总而言之，我看见某人的眼泪滴落在冰冷的铁轨上。她的眼泪脱离了身体，成为漫游于世的尘土，这些细小的尘土是无数隐形的眼睛和嘴唇，由于脱离了身体而复活，它们停留在世间，在晴天和雨天，发出无声的号叫，人们以为这是风。其实不是，只有我知道，这是一种叫喊的声音。

2019年7月1日修订，北京

后记

1996年4月，我突然失去了工作，饭碗没有了，唯有卖文一途，不得已，便只好狂飙突进起来。

算了算，1996年到2004年，八年间出的书加起来不下四十种，计有文集、自选集、重复出版的中短篇小说集、散文、日记等等，长篇作品就有五部之多。几乎是一两年就出一部新作。

那些长短作品一稿即成，快速读一遍，不眨眼就发了出去，在手上断不会超过一礼拜。如此写下的文字，粗糙处是免不了的。换了现在，长篇小说总要多孵些时间，每日殷勤探望淋水，不孵出豆芽决不罢休。

《说吧，房间》首刊于1997年第二期《花城》杂志，同年10月在江苏文艺出版社出版单行本。当时评论界和观察家众人合力，一把推我落入女性主义文学的潮流中，想起来也只有这本《说吧，房间》算是最具女性主义色彩。其中有些片段，自己觉得还真不错，整个九十年代本人至看重的作品就是它了。

每本书都各有其命运，这话不错。《说吧，房间》的运气很是不如《一个人的战争》，1997年5月出版的四卷本《林白文集》就没有收进去。问了编辑，编辑说先出文集再出单行本。没有说理由，我也不晓得应该问一下，争取个来回，以按自己心意收入文集，这时也只有无可奈何安之若素了。想来大概是责编不同。《说吧，房间》的责编沈瑞是叶兆言介绍给我的,《林白文集》的责编汪修荣是迟子建介绍的，叶兆言和迟子建都比我早出道差不多十年，辈分高成就大，二十多年来，他们对我一直好。

2003年，评论家孟繁华把这部书推荐给春风文艺出版社再版，到了2011年，又由中国青年出版社的程黧眉责编了"个人三部曲"。出春风版时，家里有人住院，我一边看输液，一边看书稿，少有修订。到中青版时，我写长篇小说《北去来辞》，状态一时如火如荼。这本书呢，基本就没修订。

此次有机会出一个纪念珍藏版，觉得正是修订的好时机。天热，打坐安静下来，发现当年的火燥气实在不少，设若现在写，会是大大的不同，时间不能倒流亦不可能重写，所谓修订，也只是把特别不顺眼的地方删掉，使之略微舒服些。

二十三年来，吾国社会生活各个方面在巨变之中，但，究其本质，女性之生活终究无大变，女性求职总是更难，哺乳的奶汁仍然是血变成的，挤公交车的疲惫仍然会使乳汁分泌下降，奶水仍会变成汗水悬挂在额头……人工流产，仍需面对锐利凛冽的器具，面对那些弯刃、钢尖、锯齿，那些刀刃之上的刀刃，寒光之中的寒光，这些仿佛变成刑具的手术器械，它使女性如惊弓之鸟。

仍是如此。

其实，无论女性生活的变与不变，那些生命中的焦虑、惶惑、疼痛、碎裂等等，都还是需要文学的吧，而文学也是需要它们的。

此记。

2019年7月7日　小暑